LA BUVEUSE D'ÂMES

Gilles Del Pappas

LA BUVEUSE D'ÂMES

M+ ÉDITIONS
6 rue Masséna
69006 Lyon
mpluseditions.fr

Ce roman a bénéficié de l'aide du CNL

Publication arrangée par Sophie Savary Agent littéraire
(Montpellier, France)

Composition Marc DUTEIL
ISBN : 978-238-211-2908

J'ai utilisé, pour ce roman, un fait divers qui s'est passé en 1986 dans un atoll des Tuamotu et qui m'avait marqué. Comme je ne connais pas cet archipel, j'ai transposé l'événement ailleurs dans un mix d'îles du Pacifique où je me suis rendu, que j'ai aimées, et d'autres que j'ai fantasmées. Je n'ai aucunement l'intention de produire un livre savant historique, ethnologique et sociologique. Il est possible que pris par mon enthousiasme j'ai laissé ici ou là quelques erreurs concernant les lieux, les différentes langues utilisées dans les archipels, ou même dans l'histoire. La culture polynésienne est très riche et il faudrait une vie entière pour la saisir dans son ensemble. Alors…

Mon but n'est pas de rouvrir des souvenirs malheureux, mon désir n'est pas de faire du mal, c'est simplement de distraire et de partager cet amour pour le pays, les femmes et les hommes de ces atolls ; j'espère que j'y suis parvenu.

Ergoteurs de tous poils passez votre chemin !

Je travaille au petit jour, dès que je me réveille. Et sans me forcer, sans même prendre un café, un thé, une amande, je pose mes mains sur les touches et celles-ci se mettent en route, toutes seulettes.

Gentilles filles.

Je crois à leur complète autonomie et à leur vive intelligence.

Les Occidentaux placent le commandement du corps dans les caboches, les Asiatiques dans le ventre, et moi, moi, je situe tout cela dans mes mains. Être encore proche de mes rêves, me lever et travailler dès que j'ouvre un œil, m'unit à eux. Ce roman est ainsi apparu, un petit matin, entier, avec le titre, le début, les péripéties, pratiquement tous les dialogues, encore tout englué de poussière d'étoiles et de rosée.

Tout ça pour affirmer qu'aucun de mes personnages n'a jamais côtoyé une réalité de ce monde. À moins que vous ne soyez un fantôme, un ectoplasme, vous ne pourrez prétendre à une quelconque ressemblance.

Et aussi pour vous dire que, finalement, le travail d'écrivain est assez facile. Il vous suffit de suivre, du chemin du monde, la nuit douce et merveilleuse.

Je remercie pour leur documentation, leur bienveillance, leur amitié, Teumere, Sophie et Christophe Langronier, Françoise et Alain Veillard, Temarama, avec son complice Meremaana, qui égayèrent de leurs histoires extraordinaires nos petits déjeuners dans l'archipel des Marquises, les danseurs, Pierre Charles et Cathy qui possèdent l'une des plus belles maisons du coin, les histoires horribles de la doctoresse Nataly Banff, le couple Simona et Didier Guimard parents du lutin malicieux, Sol. Et également la souriante Anne, perchée tout là-haut dans les arbres, mon voisin sur le lagon, grand pêcheur devant l'éternel, Clément Marcantoni, Christine Lorin et ses parties de tarots et tous mes amis de là-bas, Polynésiens anonymes ou non, qui m'émerveillèrent par des récits ancestraux au bord d'un chemin, ou même un popa'a qui un jour me donna son amitié dans un bar.

Et bien entendu la douce Suzon Viallon sans qui rien n'aurait été possible.

Tuhuka

(« L'artiste » nom donné par les Marquisiens à l'auteur)

La langue est un porc sauvage, on ne peut la dompter !
Proverbe tahitien anonyme

La vie n'est qu'une ombre qui passe, un pauvre acteur
Qui s'agite et parade une heure sur scène
Puis, on ne l'entend plus. C'est un récit
Plein de bruit et de fureur qu'un idiot raconte
Macbeth de William Shakespeare

Dès qu'il eut franchi le pont, les fantômes vinrent à sa rencontre... (intertitre de Nosferatu le Vampire film de F W Murneau 1 922)

HOMÉLIE

Ô Jésus, exaucez nos prières à cause des Larmes de Sang de Votre Très Sainte Mère.

Moi, descendante en droite ligne de Hiro, du Dieu-Héros, et des Arii-rahi par mon aïeul illustre et glorieux, issue de la grande descendance royale des Pomaré, en effet, n'oubliez jamais que Pomaré II devint jadis Arii-rahi des clans traditionnels de Tahiti et Moorea, couronnée par le Paraparau, je revendique donc et en toute légitimité, le fenua sacré. La suite, je la laisse raconter par les orateurs spécialisés, par les inquisiteurs, tous les chefs de clans, les héros, les guerriers. Hommes ou femmes, car dans ma lignée, elles se sont aussi bien illustrées que les mortels et même quelquefois mieux. Rappelez-vous la souveraine de Méropiti qui combattit toute seule l'armée des ombres pendant la famine. Tahia V née de la grande lignée des reines guerrières qui remonterait à la création des étoiles, issue du sexe d'Hiro pour le moins.

Elle n'était pas sûre de se rappeler quand exactement elle avait choisi de changer de chemin, les voix étaient venues lui susurrer de prendre le pouvoir, d'agir, de retrouver l'élue pour la ramener au sein de sa famille pour le grand dessein, le grand bouleversement ! Il y avait un certain temps, les choses ne s'étaient pas faites du jour au lendemain. Il y avait eu un déclencheur, ça, c'était sûr et certain… mais elle ne se souvenait plus… non, elle ne savait plus.

– *Nous sommes les Tikis, les anges de l'apocalypse, après Uriel, Michel, Gabriel, Raphaël. Je revendique donc avec force les séculaires règles, les anciens usages. Le titre de chef, les messagers, la plume rouge, un vaste terrain d'assemblée pour le clan, le droit aux premiers fruits, aux offrandes des terres, un mont sacré. Tout cela est aujourd'hui à moi, Mais je descends également des chefs rebelles de Taiarapu, Te Teva i Uta*[1]*. J'ai le droit de ahomaoro*[2] *et de te feia pohe*[3] *sur tous les membres du fenua*[4]*. Et mon fenua est immense, il part du haut de la montagne, d'où sort le Mahana*[5]*, et descend jusqu'aux mers aux lagons azurés clairs, bleu foncé, violets ou noirs. Il s'étend de l'immense ha'ari*[6] *qui est le plus vieux jusqu'à la 'ànàvai*[7]*. Ô Marie,*

1. Les Teva de l'intérieur
2. Vie
3. Mort
4. Terrain, territoire
5. Soleil
6. Cocotier
7. Rivière

Mère de l›Amour, des Douleurs et de la Miséricorde, nous vous demandons d›unir vos prières aux nôtres, afin que Jésus, votre Divin Fils, auquel nous nous adressons au nom de Vos maternelles Larmes de Sang, veuille exaucer nos supplications et nous accorder, avec les grâces demandées, la Couronne de la Vie Éternelle. Vos Larmes de Sang, Ô Mère Douloureuse, anéantissent le pouvoir de l›enfer. Que votre Divine Douceur, Ô Jésus enchaîné, préserve le Monde de la confusion qui le menace !

Amen ! Maintenant et à l'heure de notre mort !

Il était désorienté

– Je ne sais plus où j'habite !

Mais moi, j'étais déterminé et je savais.

– Justement, moi je sais, et j'en suis !

Cette déclaration péremptoire et adolescente allait m'entraîner bien loin de mes racines, de ce qui avait fait ma vie à ce jour, c'est-à-dire des plaisirs futiles, du jazz, de la fuite, des amours des petits matins glauques, des cafés bruyants dans les bars de Saint-Germain, des sandwichs jambon-beurre, des discussions qui refont le monde, de la légèreté mousseuse de mon âge.

En suivant, je ne sais encore pourquoi, ce jeune homme, j'allais affronter des démons qu'en général, dans une vie, on ne rencontre jamais. Ou alors, c'est qu'on l'a voulu, que l'on a choisi le mal ou que l'on est un sacré loser.

C'est sur les bancs de la fac, que j'avais croisé Steve. Nous étions sans doute destinés à faire ce long chemin ensemble, certes, mais nous aurions tout aussi bien pu passer l'un à côté de l'autre sans nous voir ; la vie est capricieuse, et aveugle est la jeunesse.

Notre rencontre ? Un hasard, comme c'est toujours le cas dans ces amphis. Pour dire la vérité, à l'origine, ce n'était pas lui que je visais, j'étais, ou je croyais être, amoureux d'une fille.

L'amour ou le sexe !

À l'époque, nous confondions toujours un peu les deux, certainement à cause des hormones ! J'avais découvert la sexualité assez jeune, vers mes quinze ans, avec une fille du voyage, délurée, beaucoup plus mûre que moi, et mes camarades.

Mince, avec de petits seins, une chevelure noire en bataille, jamais coiffée, une vitalité d'oiseau-mouche, toujours en mouvement. Elle jouissait abondamment, sans aucune retenue, elle était libre ! Et chose incroyable, à ce moment-là, ses yeux changeaient subtilement de couleur. Cela me troublait au point que j'en rêvais la nuit. Oui, je revoyais ces mirettes qui semblaient détenir une vérité qui m'était interdite. Par la suite, je n'ai jamais retrouvé cette finesse, chez aucune de mes partenaires.

On s'était rencontré dans l'eau, au sortir d'un plongeon. Je m'étais cogné à l'un de ses tibias en cherchant à repérer un poisson, un coquillage, un poulpe.

Va savoir ce que l'on explore à cet âge-là !

Curieuse, elle m'avait longuement interrogé sur ma famille de Gadjos, mais comme son maillot de bain glissait et que j'apercevais, troublé, un sein juvénile…

– Tu l'as déjà fait ?

Que répondre à son regard de braise ? Je savais très bien ce dont elle voulait parler et que je ne connaissais pas. Alors conquérant et vantard…

– Bien sûr, et plusieurs fois !

Elle m'avait entraîné dans un recoin de la calanque à l'abri des regards des adultes et elle m'avait enseigné les mystères de la sexualité dans la franchise et la passion de cette âme joyeuse.

Inutile de préciser que j'avais adoré, les fibres intimes de ma jeune tête en avaient été durablement atteintes et depuis j'étais devenu un collectionneur passionné. Au fond, peu importait si nous avions quelque chose en commun, pourvu que nous nous retrouvions ensemble au lit pour découvrir les jubilations de la sexualité. Comme je n'étais pas vilain garçon, bien fait de ma personne, j'avais du succès, du choix, et j'étais d'une curiosité infinie. Bien entendu, je ne laissais aucune possibilité à l'élue de construire quelque chose de définitif avec moi. Je voulais être léger, léger, léger. Aucune promesse d'avenir, le sexe devait évaporer naturellement toute substance lourde et plombant. J'étais ainsi fait !

On l'acceptait ou l'on m'évitait ; entre filles on chuchotait que j'étais un mauvais sujet, peu enclin au mariage. En tout cas, j'étais clair comme de l'eau de source, et je ne laissais pas le moindre choix à mes partenaires. J'avais la chance de me trouver dans une époque, et dans un milieu, qui étaient pour un jouisseur comme moi, magnifiques. Pourtant 68 était passé depuis bien longtemps, l'on continuait à découvrir l'érotisme, la volupté, la sensualité sans entrave. J'adorais le sexe féminin. Comme pour l'oursin, les fruits de saisons ou la moule, aucun n'avait la même forme, la même texture et surtout le même goût. Et le jardin était infini. Je pouvais passer des heures à titiller, mâchonner, sucer et si ma réputation d'homme-papillon m'avait précédé, elle s'accompagnait de celle d'un fameux bouffeur de chatte.

Depuis que j'avais rejoint Paris et la fac, les regards féminins m'avaient prouvé que j'étais intéressant, mais mon objectif principal, l'objet de tous mes désirs, avait été précisé dès le début, mais pas encore atteint. La jonction n'avait malheureusement pas eu lieu, je n'avais pas eu le loisir de lui parler, encore moins de passer à l'acte.

C'était une magnifique rousse, à la peau pâle avec un léger strabisme divergeant ; j'ai toujours été attiré par le truc en plus, ce qui distingue, ce qui rebute certains. La perfection ne m'intéresse pas. Parmi la centaine d'étudiants en droit international qui peuplait la salle, on ne pouvait, avec sa chevelure opulente de feu, la louper. Son corps ondulait çà et là dans les travées et agissait sur moi comme un fort aimant. Elle était toujours très bien entourée par les garçons et les filles de bonne famille du XVIe arrondissement. C'est en grande partie la raison qui faisait que je n'avais pas pu encore l'approcher. Mais ce jour-là, elle avait quitté son groupe pour s'asseoir à côté d'un très beau mec qui manifestement ne la calculait pas. C'était ma chance ; je n'avais pas froid aux yeux, je décidai d'agir promptement. Isolée, elle me semblait bien évidemment plus accessible. J'avais intégré la technique de chasse des loups de Sibérie. De plus, ça tombait très bien car je n'avais pas encore décidé du rang depuis lequel j'allais suivre cet enseignement, c'était la première fois. Un cours prestigieux, très recherché par les étudiants en droit.

Oui, car il y avait peu de temps que j'étais monté à la capitale pour essayer de devenir un brillant avocat international Pas n'importe lequel, non, le meilleur !

Et avec l'accent !

Je venais de ma province, dans le Sud, et j'avais déjà compris que je n'avais pas le choix : soit j'arrivais à gommer mes particularités, soit je jouais dessus. C'est dans les rapports avec la propriétaire de l'appartement loué juste en face du Père Lachaise que j'avais compris que j'étais un Fernandel en puissance ! Celle-ci, un dragon en jupon, l'air austère, recevait les candidatures avec une sévérité qui troublait tous les aspirants locataires. Mais avec moi, dès que j'eus ouvert mon bec, il en fut autrement. Son regard s'adoucit, elle sourit.

– Eh bien, vous au moins, vous ne cachez pas vos origines !

Elle m'avait gentiment charrié à cause de ce foutu accent de Marseille, mais finalement, finalement… elle m'avait préféré à la vingtaine de prétendants qui, comme moi, louchaient sur ce gentil studio, peu onéreux, qui longeait le cimetière. La plupart des étudiants qui vont à Paris suivre des études, tous des Rastignac, quelle que soit leur région de provenance, parlent immédiatement pointu ; il faut s'intégrer. L'intégration…

Quel vilain mot pour celui qui est fier de ses origines. Quand on doit les nier, on perd certainement un peu de son âme.

J'avais compris, là, à la réflexion de ma future propriétaire, que l'accent de mon Midi, loin d'être une tare, pouvait être un atout. J'avais fait le choix de le garder, et même de l'utiliser à fond la caisse. J'allais devenir un brillant avocat en droit international, avé l'accent du Midi.

Les étudiants accédaient à la salle par le haut. Souplement, tel un guépard lorgnant sa proie, je descendis les marches qui menaient à la rangée où les deux adolescents se tenaient sagement côte à côte. L'air de rien, je m'incrustai.

– C'est libre ? Vous n'attendez personne ?

La jeune fille, je savais qu'elle s'appelait Nadia, me regarda à peine de ses yeux bleu délavé. C'est pourtant elle qui répondit en me tutoyant.

– Assieds-toi là. Je te laisse bien volontiers la place, moi, rien de plaisant ne m'attend ici.

D'un bond, elle m'évita et fila dans la travée pour remonter vers sa bande de petits-bourgeois. J'aperçus tristement les formes rebondies de ses fesses s'en aller vers un destin où je n'aurai finalement pas ma place.

– Oh ! C'est moi qui la fais fuir ?

Le gars, à côté de qui elle s'était collée, me dévisagea.

– Non. C'est certainement moi.

Un visage bien dessiné, des cheveux frisés, indisciplinés, un œil noir dans lequel je lisais de l'humour, une peau sombre et soyeuse.

– Elle est en colère, non ?

– Je n'aime pas les petites-bourgeoises qui se la pètent.

Celle-ci remontait inexorablement vers sa bande, laissant dans son sillage un parfum capiteux de notes florales et une terrible déception qui devait se lire sur mon visage. Il rigola brièvement.

– Je crois que j'ai fait un malheureux.

Je m'insurgeai, je n'aimais pas montrer que je m'étais planté.

– C'est un peu excessif. Déçu tout au plus.

Une moue de doute.

– Ah ouais ?

Devant son air moqueur j'éclatais de rire.

– Disons que j'aurais bien rencontré une petite-bourgeoise qui se la pète. Celle-là m'intrigue, et en plus elle sent drôlement bon.

Dubitatif.

– Ah, tu trouves ?

Notre conversation s'arrêta sur cette interrogation, car le professeur, entouré de ses assistants, venait de faire son entrée. Je ne pouvais pas changer de place sans risquer un brouhaha intempestif et d'ailleurs j'étais plutôt bien là ; je décidai de m'y installer pour suivre son cours. L'étudiant à mon côté avait déjà sorti son ordinateur, un gros livre de droit de référence, des feutres de différentes couleurs et un cahier à spirale. Certainement un type sérieux. Il n'y avait pas longtemps que je fréquentais cette fac, mais je savais déjà qu'il y avait différentes catégories d'étudiants. En gros, il y avait celui qui partirait rapidement, disons dans les trois mois, qui ne se plairait pas dans cette matière, ni dans ce futur métier, qui s'était trompé ou qui n'avait pas trouvé ce qu'il cherchait… Celui qui serait décroché dès la première année car pas assez impliqué dans les études sérieuses ; comme en médecine, le bachotage était de rigueur. Malheur à celui qui ne s'y pliait pas. Et puis la fille ou le fils de famille qui était là en promenade, qui passerait peut-être le diplôme, mais en redoublant, en touriste, et qui de toute façon n'exercerait jamais. Un beau mariage ou la reprise de l'entreprise familiale, une béquille confortable les attendait. Enfin, il y avait ceux qui aimaient ça et qui iraient au bout de leurs études. Le garçon à côté de moi était manifestement de cette race.

– Tu veux réellement la rencontrer, la rousse ?

Le cours avait été passionnant, le professeur avait été très bon et m'avait profondément intéressé. J'avais complètement zappé mon voisin et pourquoi je m'étais placé à ses côtés.

– Euh…

Rire. Dents blanches et fossettes.

– Tu avais oublié ! Tu n'as pas de suite dans les idées !

– Ce n'est pas ça. Je veux bien que tu me la présentes, oui.

Toujours cet éclat moqueur dans son œil.

– Mais tu sais qui c'est ?

– Non. Pourquoi ?

Nous nous étions levés et remontions jusqu'à la porte.

– Son père est député, un gros connard ; si j'étais hétérosexuel, je crois que je l'aurais mise dans mon lit, juste pour l'emmerder.

Direct.

– Moi, je veux bien ! Justement, ça tombe drôlement bien, je suis hétérosexuel ! Et très intéressé par les fifilles des connards.

Gros rire.

– Ah ouais, ça, j'avais bien compris ! Hi, hi, hi, hi ! Mais je crois mon p'tit gars qu'elle en pince uniquement pour mon petit cul, pas pour le tien ! D'ailleurs, c'est marrant qu'elle ne se soit pas encore aperçue que je n'étais pas fait pour elle.

Je ne lui dis rien, mais moi non plus je n'avais pas compris qu'il était homo. Faut dire qu'il ne faisait pas du tout folle comme certains. Il était même très viril, des grands yeux noirs, avec des cils immenses… mais il possédait également un nez busqué, cassé, une carrure impressionnante. Des mains carrées, peut-être trop soignées, qui auraient pu me mettre la puce à l'oreille. Il aurait fait du piano avec des paluches pareilles que je n'en aurais pas été surpris. Pourtant ce nez cassé venait sûrement de la pratique violente de la boxe. On apercevait sous sa chemise un bout de tatouage bleu qui me semblait être quelque chose de l'ordre du rituel, une appartenance sociale.

– Mais si j'étais toi, je passerais mon tour avec la miss. D'une part, ça m'étonnerait fort que tu puisses la mettre dans ton lit un jour, d'autre part, si tu y arrives tout de même, sache pour ta gouverne qu'une femme qui flashe sur un inverti n'est en aucun cas un bon coup pour un hétérosexuel de ton espèce. Jamais !

Il avait l'air sûr de lui.

Justement, en discutant, nous passâmes devant la rousse et sa bande. Manifestement elle était en train de discourir de nous car ils s'arrêtèrent subitement de parler pour nous regarder avec insistance. Ce qui n'empêcha pas mon nouvel ami de continuer à causer comme si nous étions seuls.

– Il y a chez ces femmes-là un désir de se protéger au-delà de toute logique, de nier toute sexualité un poil dangereuse ; non, mon ami, sache-le, tu n'es pas entré dans le piège, et tu as très bien fait, cela aurait pu te coûter cher.

J'avais fait le malin, ravalé mon désir.

Pendant qu'il m'expliquait sa vision de ces femmes si dangereuses, nous étions suivis par quelques paires d'yeux finalement peu amènes ; la curiosité avait laissé place à un certain dédain amusé qui me fit immédiatement piger que la fameuse rousse avait interprété la nature de son échec et avait expliqué à sa cour que ce n'était pas imputable à sa plastique impeccable ! Immédiatement je compris que la fréquentation du beau brun n'allait pas arranger mes affaires avec elle.

– Ah ouais, merde ! Je vais passer pour ton petit ami !

Les carottes étaient cuites pour moi en ce qui concernait mon égérie. Il me tapa amicalement sur l'épaule.

– Ne t'inquiète pas de cette petite-bourgeoise, je sais que tu vas faire des ravages ailleurs, parce que dans ton genre, t'es pas mal. Et puis ici, ça ne manque pas de petites dindes prêtes à s'encanailler avec la lie du Sud !

J'eus peur qu'il se mette à me draguer, ce qui m'aurait fait fuir illico, mais il n'en fit rien et me tendit la main de façon presque guindée.

– Je me présente, Steve Séféoui. Je suis un mélange parfait entre un vrai Parisien de Ménilmontant et une princesse polynésienne. Mon prénom de là-bas, mon vrai prénom est Ahutoru.

Ça expliquait son accent étrange fait de douceur et de français ancien, il roulait imperceptiblement les R.

Je me répétai plusieurs fois, dans ma tête, ce second prénom, le vrai, pour ne pas l'oublier, mais je l'appellerais toujours Steve par la suite.

Une poignée très virile. Heureusement, il ne m'avait pas proposé de me faire la bise, j'aurais été très gêné. Devant ma curiosité, il m'expliqua qu'il n'était jamais allé en Polynésie, mais que cela lui manquait.

– Ben moi aussi, j'aimerais bien connaître ton pays d'origine. J'en ai rêvé et un jour, moi aussi, j'irais dans les îles, comme Marlon Brando…

Je pensais bien entendu aux Révoltés du Bounty de Lewis Milestone, sorti en 1962. En attendant, nous allâmes boire un café dans un bar de Saint-Germain-des-Prés, qui était devenu mon QG ; il devint également le sien. Il pleuvait ce soir-là à Paris, pas comme à Marseille ou il pouvait tomber des torrents, non, une pluie qui ne mouillait pas, un crachin malingre. L'ondée transformait les gens qui passaient en ombres lumineuses et colorées, un puissant révélateur poétique dans cette ville dite des Lumières. La buée d'hiver floutait en effet toute ligne droite en faisant ressembler la capitale à un tableau impressionniste. J'aimais l'hiver, cette saison allait bien à la capitale. Je me présentai donc à mon tour.

– Je m'appelle Aldo Vangélopoulos. Et moi je suis également un mélange subtil, comme très souvent les Marseillais. Italien par ma mère et Grec par mon père.

– Un Marseillais !

Il ne me dit pas banalement qu'il avait bien reconnu mon accent, et qu'il avait deviné que j'étais du Sud. Ça me plut. Ajouta, pensif :

– Pourtant tu es blond.

– Ma mère. Elle vient des Pouilles, il y a des blonds là-bas. De la famille de Balzo.

Il rit.

– Quelles salades de fruits, nous deux ! Tu habites dans quel arrondissement ?

– Le vingtième !

– Je suis à côté, dans le onzième.

En réalité nous logions tous deux près du Père Lachaise. C'est certainement une des raisons pour lesquelles nous nous sommes rapidement rapprochés, nous avions des affinités d'expatriés. Nous n'avions pas exactement les mêmes cours mais nous rentrions souvent ensemble en métro. Le premier qui avait fini attendait l'autre dans le fameux bar du quartier latin, noyauté par des wagons d'étudiants. Il portait le nom du révolutionnaire le plus laid, de sa génération, Danton. L'établissement était de style 1 900 et se trouvait en face d'un petit square, où une statue du grand homme anticlérical, antimonarchiste, promoteur de l'instruction publique et héros de la défense nationale, réalisé par le sculpteur Auguste Paris, trônait en plein Saint-Germain-des-Prés. J'aimais ce bar, il correspondait pour moi à la Capitale. Un Paris humide, froid, sombre, bien loin des luminescences exagérées de ma Provence. J'avais fini, café après café, demi après demi, par connaître les serveurs, ainsi que tout le personnel. Je n'avais par contre jamais rencontré le patron, qui devait jouir du travail des autres dans quelque villa de Martinique. Comme j'étais tranquille et que je laissais des pourboires importants, j'étais apprécié. C'était là que je donnais rendez-vous à mes conquêtes et j'avais droit alors, à moult clins d'œil complices et égrillards de la part des garçons, vifs, rapides, qui me faisaient penser à des sardines au sortir des filets. Depuis que je fréquentais l'endroit, je n'avais à ce jour jamais assisté à un accident domestique. Pourtant, ça tournoyait dangereusement ; les plateaux voltigeaient allègrement, à droite, à gauche, en haut, en bas, je m'y attendais plus ou moins, un jour ou l'autre…

mais non, le personnel était très adroit, c'était un ballet fantastique qui me ravissait tout le temps. Je buvais des cafés en regardant passer les Parisiennes, les jambes des filles formaient un ballet, tac, tac, tac sur le pavé mouillé, c'était formidable !

Steve avait vu juste ; très rapidement, j'avais oublié la belle rousse pour me consacrer au reste de la population féminine de la fac. Le Tahitien commentait avec humour mes conquêtes, attribuant à mes victimes des qualités et des défauts souvent imaginaires et il était très admiratif de ma vitalité.

– Tu as du peps !

Il était amusé par ma bonne santé et mon appétence pour la vie, il se moquait un peu. Lui, était manifestement peu attiré par les choses du sexe, je lui en fis le reproche, trouvant qu'il perdait ainsi un peu sa vie.

– Et toi, tu es un moine trappiste ! Je ne t'ai encore jamais vu en main !

Moue de seigneur.

– J'attends le grand amour.

– Mais tu as déjà eu une vie sexuelle ?

Il m'avait jeté un regard amusé.

– Enfant. Tu n'as pas idée. Avec toutes tes frasques tu ne pourras jamais, au grand jamais me rattraper en ce domaine. Non, jamais ! Il y a eu une période dans ma vie…

Il ne termina pas sa phrase, avec un petit air satisfait censé me prouver que son passé était rempli de conquêtes et que, s'il avait abandonné cette vie de stupre et de luxure, c'était parce qu'il l'avait, lui-même, fermement décidé.

Ce fut environ deux mois après le début des cours que l'histoire commença réellement. Ce matin-là, il faisait une tête d'enterrement. Je ne l'avais jamais vu ainsi. Je m'inquiétai

– Non, moi, tout va très bien. Mais, aujourd'hui mon problème, ce sont mes parents.

Je l'encourageai.

– Tes parents ?

Nous n'avions jamais parlé encore de nos proches. Les sujets légers, légers, avaient tourné autour de nos études, des profs, des repas à la cafétéria, de la pluie qui ne semblait jamais finir, et pour moi, des filles…

Moi, je n'avais plus aucun problème avec les miens. Orphelin un jour, orphelin toujours ! Enfin aucun problème… a priori. La psychanalyse attendrait encore un peu, je n'étais pas prêt. En fait, j'avais eu des parents, des grands-parents, je les avais connus, j'avais des structures auxquelles m'adosser. J'imaginais que ce n'était pas pareil quand on avait été abandonné à sa naissance. Les miens étaient morts d'accident et de vieillesse. Bien entendu, je pouvais tout de même leur en vouloir, nous sommes tous un peu injustes avec nos parents, mais certainement moins que ceux qui avaient été réellement abandonnés.

Son visage s'était assombri d'inquiétude. Je ne l'avais guère vu aussi préoccupé. En général il était gentiment et légèrement gai.

– C'est ma mère. Figure-toi… Tu ne vas pas le croire, elle s'est volatilisée.

Je m'étonnai. Une mère ne disparaît pas. Enfin, pas comme ça.

– Comment ça ?

– Je ne sais pas, c'est mon père qui m'a téléphoné, il est perdu. Je ne l'ai jamais entendu ainsi. Sa voix était presque inaudible, tremblante, il geignait. Ce n'est pas son genre, je ne sais vraiment pas quoi faire. Il est un père fort, inébranlable, pater familias. La charpente, la structure, le faîte du toit.

Dehors, la pluie s'était remise à tomber, une voiture de police s'était arrêtée et les fonctionnaires contrôlaient une famille de migrants miséreux. Ça ne finirait donc jamais.

– Il faut que tu ailles voir ce qui se passe.

– Tu crois ?

– Je viens avec toi, si tu veux.

Oui, c'est exactement ainsi que tout a commencé. Si je ne l'avais pas accompagné ce soir-là, rien ne serait arrivé, j'aurais continué ma vie d'étudiant studieux et chasseur de jupons, je serais, avec le temps devenu avocat, je serais entré dans un grand cabinet auquel je me serais associé au bout d'un moment, oui, rien n'aurait perturbé le cours tranquille de ma vie.

Sa famille vivait à cinq minutes du périph, vers Saint-Ouen, au-dessus d'un garage dont son père était propriétaire. Le local, ajouré comme c'était la mode dans les années cinquante par des panneaux de verre martelé, était fièrement identifié par une large pancarte « Séféoui et Fils, toutes marques » et indiquait en outre, la profession de la famille. « Garagiste »

– Oui, c'est mon grand-père qui a monté le garage, et mon père a tout naturellement continué, il est doué pour la mécanique. Il te répare toutes les marques, les bagnoles récentes, modernes, et même bourrées d'électronique, il s'est équipé. Il fait travailler une vraie bande, cinq ouvriers et deux apprentis. Quand j'étais enfant, mon premier travail l'été, était vers dix heures, d'aller chercher le pain, la charcuterie et le pinard pour le casse-dalle du personnel. Je ne sais pas si cette tradition perdure.

Au moment où nous arrivâmes, le garage était fermé, mais une lumière filtrait encore par les plaques de verres dont certaines n'étaient pas martelées, ce qui permettait de voir à travers. La bruine continuait à se déposer silencieusement sur le sol gras, les rares passants se pressaient de rentrer chez eux, col relevé, mains au chaud dans leurs poches. Tout cela diffusait une ambiance assez triste, mélancolique. Je m'attendais presque à croiser Jean Gabin avec la salopette noircie par la graisse, une clé de douze à la main. Au fond de la pièce, après le pont, je perçus un mouvement.

– Il soulève de la fonte. Il fait toujours ça quand il a des problèmes, il dit que ça lui permet de réfléchir. Nous allons passer par le hall d'entrée.

Steve poussa la porte contiguë au garage ; dans le long couloir, des boîtes aux lettres en bois étaient alignées comme pour la parade. Il mit la main sur le couvercle de celle dédiée au garage « Séféoui et Fils » et en sortit un trousseau. Il me fit un clin d'œil.

– Les clés de secours !

Il en introduisit une délicatement dans la serrure de la porte sur le côté. Nous entrâmes sans bruit dans le garage. L'odeur de ces lieux de travail est unique, il n'y a que dans un atelier que l'on peut sentir ce mélange de graisse, de savon, de térébenthine et d'autres produits dont je ne connais pas la nature mais dont je reconnaîtrais l'odeur à coup sûr. Je respirai profondément, essayant de me rappeler les garages d'antan, l'automobile de mon père… Il aimait les décapotables. Il avait acheté une vieille Ford Gran Torino rouge vif, zébrée de blanc. Il prétendait que c'était la voiture mythique de la série Starsky et Hutch. À présent, elle vieillissait dans un garage de Marseille sous une bâche plastique. Peut-être qu'un jour je la vendrais, ou je la ferais rénover pour m'en servir. Je ne savais pas encore.

Tout ça me donnait un sentiment de tristesse infini.

Tout était éteint dans le garage, sauf une lampe qui nous permettait de voir le décor en ombre chinoise. Une grosse voiture allemande vert tendre d'une marque que je ne connaissais pas était posée sur le pont, à hauteur d'homme. Dessous, une fosse permettait de travailler sur les organes vitaux de la caisse. Mais c'était le moteur qui était le centre de l'attention des professionnels de la clé à molette. Il était à moitié démonté et ses tuyaux, luisants de graisse, pendaient tels les abats d'un bœuf dans une triperie. La lampe, comme un projecteur de cinéma, isolait le héros : un homme, torse nu malgré le froid, qui soulevait méthodiquement des haltères. Le seul bruit dans le local était produit par son effort. Il devait avoir à tout casser une cinquantaine d'années, mais son corps huilé, entretenu, paraissait plus jeune.

Nous restâmes ainsi un moment à l'observer, j'étais fasciné par le jeu des muscles qui travaillaient sous la peau. Je ne savais pas si cette fascination était admirative ou répulsive, je n'aimais pas particulièrement ces athlètes qui changent leur corps en s'imposant ce genre d'exercice. Mentalement je comptais les tractions avec, sans doute, le sportif qui travaillait.

– Un, deux, trois, quatre…

L'homme exécutait manifestement des séries de dix. À chaque dizaine, il plaçait la barre sur des supports, son corps s'affaissait et il soufflait. Il portait des poignets de force et pendant les pauses, remettait de la magnésie sur ses grosses pattes. Profitant d'un moment de repos, Steve s'approcha de son père et lui posa une main sur l'épaule. Le bipède sursauta, tourna la tête et aperçut la caboche frisée de son fils.

– Ah, c'est toi ! Je ne t'ai pas entendu arriver.

Les deux se regardèrent puis soudain, le visage du père, déjà marqué par l'effort, se tordit dans une grimace de détresse, il s'écroula en pleurs. Il entoura le torse de son fiston et sanglota dans son pull-over. Je voyais bien qu'il ne pouvait réagir. Il était troublé car c'était une situation à laquelle il n'était pas habitué. Lui si organisé, qui contrôlait tant sa vie, ses émotions…

– Pa…

L'homme redoubla de larmes, serra encore plus son fils. Mon ami me regarda, haussa les sourcils en signe d'impuissance, mais j'aperçus, un bref instant dans ses yeux, la panique provoquée par le désarroi de son paternel. Je sortis de la pièce en faisant attention où je posais les arpions, pour ne rien renverser.

HOMÉLIE

Jésus crucifié ! Prosternés à Vos pieds, nous Vous offrons les Larmes de Sang de Celle qui Vous a accompagné pendant Votre si douloureux Chemin de Croix avec un tendre et compatissant Amour. Faites, Ô Bon Maître, que nous prenions à cœur les enseignements tirés des Larmes de Sang de Votre Très Sainte Mère, afin qu'accomplissant Votre Sainte Volonté sur Terre, nous puissions Vous louer et Vous glorifier au Ciel pendant toute l'éternité. Amen !

À la place du Notre Père – ainsi que sur les 3 derniers grains – on dit : Ô Jésus, regardez les larmes de Celle qui Vous a le plus aimé sur Terre et qui au Ciel Vous aime le plus tendrement.

Moi, descendant en droite ligne de Hiro, de Dieu-Héros, et des Arii-rahi par mon aïeul illustre et glorieux, issu de la grande filiation royale des Pomaré, en étais-je capable ?

Il a fallu que je le prouve. Sur le marae j'ai apporté les dépouilles sanglantes d'un Mô'iri.

Hiro et le cochon Mô'iri[1]

Le vieil Ana, l'aveugle, demande à Hiro d'aller chercher un gros cochon sauvage appelé Mô'iri ; un monstre qui habite une grotte de la montagne. Hiro part à sa recherche, il voit le cochon avec la gueule ouverte, la mâchoire supérieure s'élève jusqu'au ciel, tant il est immense. Il prend sa lance et pérore « Je suis Hiro, guerrier adroit qui veille toujours ; j'ai reçu à ma naissance une force surnaturelle, à la façon Fa'imano ; je suis un arc-en-ciel ». Il prend sa lance et pique la gueule du monstre. Elle s'enfonce, traverse l'animal, et va toucher la terre.

Le cochon crie tant, que son cri arrive jusqu'à la maison d'Ana, qui ainsi se rend compte que le cochon est mort.

Le message avait été difficile à décoder, surtout au début. Sa tête lui faisait mal. Pendant cette période, elle ne dormait pas plus de quelques heures ; le plus dur était le bruit qui l'empêchait de comprendre la langue qu'employaient les dieux anciens. Ce qui avait tout de suite été limpide c'était la demande explicite des dieux créés de la nuit, et surtout A'a. Elle avait été choisie pour retrouver et ramener l'élue, car elle était de sa famille et avait vécu avec elle enfant.

À l'époque où A'a l'avait contactée pour sa mission, elle travaillait dans une poste du centre de la France, une

1. Célèbre cochon tué par Hiro

profession indigne. On l'avait acceptée. Elle était contente malgré tout d'avoir cet emploi, le travail n'était pas facile à trouver.

Et comme Hiro, fils de Moeterauri, mon vénérable ancêtre, je suis allé chasser le cochon et la auffe'e[1]*, une màmea*[2] *qui n'a pas voulu se soumettre. Tant pis pour elle. J'ai mis aussi sur le marae, deux moa faa'tito*[3] *que j'ai également égorgés. C'était une belle nuit de 'Atira'a 'àva'e*[4].

Le vent était très violent, c'était le mata'i ù'ana, il soufflait sur le marae pour nettoyer les roches, les rendre brillantes et dures comme de l'acier, pour la cérémonie... pour moi. M'aidant d'un immense penu de pierre[5]*, fabriqué spécialement pour l'occasion, j'ai écrasé tous ces animaux sacrés. Puis je me suis oint de l'essence de ce mélange tabou et alors, j'ai grandi jusqu'à atteindre la voûte céleste, mon cri de victoire a dépassé les océans.*

---

1. Pieuvre
2. Murène
3. Coqs de combat
4. Pleine lune
5. Pilon

Il m'appela dans la nuit.

– Aldo ?

– Oui.

– C'est Steve.

Silence. Puis je demandai :

– Ça va ?

Nouveau temps de pause, je compris qu'il réfléchissait à ce qu'il allait me dire.

– Je ne sais pas. C'est la première fois que je le vois pleurer. C'est incroyable ! Je n'aurais jamais cru ça possible !

Chez moi non plus, les hommes ne pleurent pas, d'ailleurs je n'ai pas souvenir d'avoir versé la moindre larme de ma vie, même à la disparition des miens. Je ne me vante pas, c'est ainsi. Et je ne crois pas que ce soit un signe d'insensibilité, c'est simplement que dans ces cultures, le garçon ne pleure pas, c'est réservé aux filles.

– Heureusement qu'il ne t'a pas vu.

– Je me suis évaporé en douce, je vous ai laissés.

– J'ai vu, et je t'en remercie. Je ne sais pas comment il aurait réagi s'il avait su que je n'étais pas seul et qu'un étranger assistait à son naufrage.

Il m'expliqua que son père avait eu du mal à arrêter de pleurer.

– Il sanglotait avec force.

Enfin, au bout d'un moment, il s'était calmé et il avait fait comprendre à son fils que tout était arrivé par la faute d'une foldingue. En effet, un petit matin, une dame était venue visiter sa femme.

– Une dénommée Solange.

Steve me raconte. Son père ne la connaissait pas, mais sa mère avait été très contente de la voir, une cousine plus vieille de quelques années, lui avait-elle confié. Elles avaient vécu ensemble dans leur jeune âge. Très rapidement elle avait entraîné la mère de Steve dans quelques églises du « Renouveau de la foi ». Le mari n'y avait vu aucun danger, sa femme avait toujours eu un fond de mysticisme. Au bout d'un moment tout de même, il s'était inquiété. La fameuse cousine avait exigé que les époux ne dorment plus ensemble sous le prétexte étrange que le couple n'était plus en âge de procréer. Le garagiste avait grommelé.

– Des balivernes !

Il fallait qu'il n'y ait surtout pas de plaisir. Elle prétendait que l'acte relevait maintenant de celui inspiré par le diable !

Là, le conjoint s'était énervé, la coupe était pleine. Mais Rauana, sa femme, était tombée dans le piège. Épouvantée, elle s'était refusée à son mari, prétextant, elle qui avait toujours eu une sexualité débordante, mal de tête ou indisposition. Steve avait été très gêné des révélations de son père, mais il l'avait écouté jusqu'au bout car celui-ci voulait absolument lui faire comprendre son désarroi.

Sa femme qu'il aimait était, en l'espace de quelques semaines, devenue une bonne sœur pudibonde et chaste. Aucune menace n'avait pu la faire fléchir, aucun cadeau, aucune douce câlinerie dont le couple avait l'habitude. Le mari frustré, très en colère avait alors violemment jeté de l'appartement la soi-disant cousine, empoigné fermement sa femme, l'avait balancée sur le lit, pensant chasser ses idées morbides par la force. Mais c'était sans compter la force tranquille des Tahitiennes. Elle avait roulé souplement sur le lit et s'était enfermée dans les toilettes.

– Tu as chassé ma cousine. Tu vas le regretter, jamais plus te ne me toucheras !

Il avait supplié, menacé, rien n'y avait fait. Alors, en désespoir de cause, il avait sorti le flacon de pastis qu'il s'était pourtant bien juré de ne plus toucher. Trois heures plus tard, la bouteille était vide et lui *niasqué* ; il faut dire qu'il tenait bien l'alcool. Trop. Pendant longtemps il avait picolé dans les bars alentour avec des clients, des ouvriers, des copains. Rauana l'avait mis en demeure de stopper car elle craignait pour sa santé ; le couple était très soudé. Enfin, avant l'arrivée de la fameuse cousine. Alors il avait complètement arrêté de boire. Jusqu'à ce fameux soir où sa vie s'était effondrée.

– Depuis j'ai attendu son retour chaque jour, mais… Je crois bien qu'elle est partie définitivement ! Alors, j'ai décidé de t'appeler.

Après s'être expliqué devant son fils médusé, il avait encore pleuré longuement.

– Steve ! Promets-moi que tu vas la retrouver !

– Mais…

– Promets !

– Je ne sais même pas où elle est allée.

– Moi, je crois savoir. Son frère, elle a dû aller chez son frère ! Il habite la Bretagne. On ne peut pas le joindre par téléphone. Va le voir ! Moi, il ne me recevra pas.

Mon ami connaissait bien ce frère, un original qui vivait dans une minuscule maison au bord de la mer dans un village, Arradon, tout près de la ville de Vannes. Il n'aimait pas la modernité, il refusait avec obstination tous les moyens nouveaux de la vie actuelle.

– Alors voilà, je dois aller chercher ma mère en Bretagne. Et je ne me sens pas d'y aller tout seul. Viens avec moi demain matin, il y a un train vers 7 heures, je te paye le billet et, si nous sommes tenus de pioncer là-bas, l'hôtel.

Il n'est pas question que je dorme chez mon oncle ! C'est minuscule chez lui.

J'hésitai, je devais travailler la législation fiscale canadienne, que j'avais, je l'avoue, un peu négligée. Mais je pourrais rattraper cette matière assez facilement en emportant mes cours, un peu dans le train et un peu le soir à l'hôtel.

– D'accord ! Allons chercher maman !

HOMÉLIE

Ô Jésus, exaucez nos prières à cause des Larmes de Sang de Votre Très Sainte Mère.

Moi, descendant en droite ligne de Hiro, de Dieu-Héros, et des Arii-rahi par mon aïeul illustre et glorieux, issu de la grande descendance royale des Pomaré, j'ai accepté la mission que l'on m'a confiée. Mais il a fallu que je retrouve l'élue. Et pour cela, je devais me rendre dans le pays des apa'ahuinoa[1]*. Ce n'était pas un problème pour moi, j'y avais fait mes études. Bien entendu, je ne ressemblais pas à tous ces Popa'a et l'on devait me remarquer dans la foule ; le sang de Hiro parle. Mais là encore, il n'y avait aucune difficulté. Ma mission, si elle n'était pas dans l'obligation d'être révélée, ne présentait absolument aucun risque car le mana était avec moi.*

Je l'ai retrouvée assez facilement, je savais où elle s'était enracinée : un horrible lieu du diable. Je n'ai pas eu le moindre mal à la sortir de ce cloaque machiavélique, ni à l'arracher à sa fausse famille. Elle ne fut pas difficile à convaincre, j'avais mélangé de l'ice au Kava[2]*. L'élue*

1. Étrangers
2. Le kava est la racine du poivrier sauvage, surnommée narcotic pepper

entra immédiatement en transe. Par la suite, elle comprit et accepta avec enthousiasme son rôle.

Les voyages en train, et plus tard en avion, furent longs, mais nous avions le temps. J'avais laissé chez des disciples mon Va'a, à Raivavae. Il fallait que j'évite Rapa, je n'y avais pas d'ami. La mer fut notre alliée. Fortes et belles, nous arrivâmes juste pour la nouvelle lune, exactement au moment choisi par les Atuara'a[1]*. Te mau mea ho'i nona e 'ore e ti'a 'ia hi'o, té 'itea-papù-hia nei la i te mau mea i hamanihia nei…*

Et puis les choses se mirent en place comme un plan mûrement réfléchi, rapidement on se mit à chuchoter sur elle. Les regards se firent ironie. Au début elle semblait ne pas les remarquer, puis elle ne put ignorer les rires.

Mais l'élue avait été très éprouvée par la dernière partie du voyage, nous n'avions mangé que du poisson cru, en général du Marara[2], et du uru[3], et des A'atea[4] heureusement en suffisance ; j'avais prévu également suffisamment d'eau, car la traversée sans, peut être très dangereuse. Je suis fort, j'ai le mana.

Ce fut long et très fatigant, il a fallu que je soutienne l'Élue de mes incantations magiques. Ça m'a agacé, je voulais les garder pour la cérémonie, mais… Ô Marie, Mère de bAmour, des Douleurs

1. Dieu polythéiste
2. Poisson volant. Pêche classique du va'a, exécutée avec une épuisette
3. Arbre à pain
4. Taro

et de la Miséricorde, nous vous demandons d›unir vos prières aux nôtres, afin que Jésus, votre Divin Fils, auquel nous nous adressons au nom de Vos maternelles Larmes de Sang, veuille exaucer nos supplications et nous accorder, avec les grâces demandées, la Couronne de la Vie Éternelle. Amen !

Vos Larmes de Sang, Ô Mère Douloureuse, anéantissent le pouvoir de l'enfer. Que votre Divine Douceur, Ô Jésus enchaîné, préserve le Monde de la confusion qui le menace !

Amen !

Je ne pris que peu d'affaires, ma brosse à dents, un vêtement de pluie, car je ne faisais pas confiance au temps breton et de plus, il pleuvait encore en bas de chez moi. Je retrouvai Steve à Nation ; nous prîmes alors la ligne 6 pour rejoindre directement la gare Montparnasse. J'aime cette ligne qui passe presque partout en extérieur. Il ne pleuvait plus, mais le temps restait incertain et gris. Nous discutâmes de nos projets d'avenir lointain, évitant de parler de la fugue de sa mère. Mon ami était préoccupé, je comprenais bien. Manifestement sa mère ne s'était pas inquiétée de ne plus voir son fils. Elle ne lui avait pas écrit pour l'avertir de sa fugue, pour lui expliquer les raisons de sa décision. Je me demandais à quoi elle ressemblait. En tout cas, une femme de caractère, pas trop aimante.

– J'espère que ce n'est rien de grave.

– Oui, ma mère est étrange. Catholique, mais j'ai toujours senti chez elle un relent d'envolée mystique et un fort attachement aux cultes païens de son pays. Et ça remonte à loin.

La campagne bretonne était gaie, ensoleillée, avec de gros nuages qui roulaient dans l'azur bas, faisant mentir sa renommée régionale tenace de bruine, de pluie, d'humidité. Le matin très tôt, j'avais loué une voiture pour deux jours. Un type devait nous attendre devant la gare avec le véhicule. Dans le train, je travaillai un peu et mon ami m'imita ; le voyage nous parut fort court. Quand nous descendîmes du wagon, à Vannes, il crachinait. Ouais, je crois que c'est ainsi en Bretagne. Un coup il y a du soleil, un coup il pleut ! Nous espérions repasser dans la case cagnard rapidement !

Le type pour la bagnole nous attendait au sortir de la gare ; nous étions assez reconnaissables car il y avait peu de voyageurs en cette saison. C'était un jeune homme, assez sec, habillé en vintage, sans humour. Je lui ai déclaré que j'aimais beaucoup son look, mais il n'a pas souri ni rien. Pourtant… Rockeur avec banane, tiags et perfecto, jusque-là, tout était cohérent. Ce qui ne collait pas, c'était le pantalon vert fluo et le pull orange, très pratique quand on fait du vélo et que l'on a peur de se faire renverser dans le brouillard. Et quel drôle de bougon. En tout cas, une apparition étrange dans le paysage industriel de la gare. Nous fîmes rapidement le tour du véhicule pour repérer les bosses et il nous laissa les clés.

– Putain j'ai faim ! Je mangerais un âne avec son licol.

Il rit.

– Nous nous restaurerons à Arradon, je connais un bon resto. Il se trouve, si rien n'a changé, dans l'hôtel même.

Car, en fait, le fameux tonton vivait dans un minuscule village à côté de Vannes, en bord de mer. Je pris d'autorité le volant ; je ne savais pas si mon ami possédait le permis de conduire. Sortir de la petite ville ne fut pas très difficile, ensuite ce furent des routes de campagne que Steve connaissait bien, il m'indiquait la direction avec assurance. C'était bien vert.

– Lorsque j'étais enfant, ma mère nous emmenait l'été, dans cet hôtel. Elle voyait son frère et nous filions à la plage construire des châteaux de sable ou ramasser des coques avec mon père. Quand celui-ci venait, en général le dimanche, on pouvait commander dans l'établissement le fameux homard de Bretagne ou des coquillages.

Je mis un mouchoir temporaire sur ma faim.

– J'espère que rien n'a changé !

De Vannes à Arradon, il y a fort peu de kilomètres. Nous arrivâmes vers midi dans le village où trônaient, sans surprise une église, une épicerie, la poste et la mairie. Deux vieilles femmes en costume traditionnel en sortirent. Elles nous observèrent avec curiosité. Mais nous n'étions pas arrivés. Il fallut encore passer le village pour s'engager sur une minuscule route qui descendait vers l'océan.

– Gare-toi là.

Petite place en bord de mer, du granit blond et gris partout. Sur la digue équipée d'une rambarde qui protégeait de la marée, on pouvait aisément imaginer les vagues s'écraser dessus les jours de grosse mer. Une maison de maître élégante surplombait la baie. L'établissement était bâti dans le prolongement. Il s'agissait d'une très grosse bâtisse grise qui semblait dominer l'océan. Granit, bois et verre. On l'avait construite pour durer ; la taille des pierres était incroyable. Sur l'aile ouest, une tour ronde rappelait vaguement un sémaphore. D'ailleurs, une inscription à moitié usée par l'air marin indiquait que nous avions bien compris l'allusion. « Hôtel-restaurant du Phare ».

– C'est un ancien phare ?

– Pas du tout. En revanche, c'est dans cette tour que se trouvent les chambres que nous louions avec ma famille. Quand j'étais enfant, cela nous faisait rêver.

Je m'imaginais bien moi-même dormir dans le haut du phare, mais il aurait fallu la tempête, avec des éclairs, des vagues gigantesques, des bateaux en détresse… Mon ami sourit.

– Tel quel ! Dans mes souvenirs, il me semblait plus grand, pourtant il n'a pas bougé d'un iota.

Nous poussâmes la porte en chêne de la vénérable entreprise. Dans le hall, derrière un comptoir une charmante blonde aux yeux bleus nous attendait. Une véritable poupée surgie d'une boîte à jouets de petite fille. Mon ami posa son sac.

– Bonjour !

La donzelle leva la tête et se figea comme si elle avait vu un fantôme. Lui souriait, rêveur.

– Je venais chez vous en famille, avant. Je suis Steve Séféoui.

La jeune fille, qui n'avait eu d'yeux que pour mon ami, rougit violemment.

– Oui, Ahutoru, je me souviens bien de toi.

Ils se regardèrent puis petit à petit, un sourire grandit sur les lèvres de l'étudiant.

– Jane… Jane Madec ! C'est bien ça ?

Elle hocha la tête, ravie.

– Oui, c'est bien moi.

Rapidement, il fit le tour du comptoir et, de ses mains qu'il avait posées de chaque côté de sa taille fine, il la souleva jusqu'à ses lèvres pour lui poser un baiser d'anthologie. Il s'esclaffa et son rire était drôlement communicatif. Du coup, nous fûmes trois à nous bidonner. Attirée par le bruit, une femme austère surgit de la pièce contiguë au comptoir.

– Jane, que se passe-t-il ?

Mon ami déposa la jeune fille à terre, puis regarda la dame. Elle devait avoir dans les soixante-dix ans, mais il se dégageait de son corps une prestance extraordinaire, elle se tenait droite comme si elle avait fait toute sa vie de la danse classique. Elle portait un chignon très austère et des vêtements noirs. Son corsage était rehaussé d'une broderie et de perles. Elle nous observa à travers des lunettes d'un autre siècle, que l'on portait à la main. La blonde fit les présentations.

– C'est Monsieur Steve Séféoui. Vous vous souvenez certainement de lui… Steve !

Le visage de la douairière se détendit.

– Oui, le petit Séféoui ! Bien sûr.

Elle lui tendit une menotte aristocratique que mon ami serra de façon toute populaire. Il me présenta et j'eus alors droit également à la main noble que je baisai, moi, dans les règles de l'art.

– Quel petit sacripant ! Il nous en a fait des vertes et des pas mûres. Faites-vous voir un peu… Mon Dieu, ce que vous avez grandi ! On m'a dit que vous vous étiez lancé dans des études d'avocat ? C'est bien.

Ils se regardèrent un petit moment, puis…

– Et que faites-vous par ici ?

– Je viens voir mon oncle.

Elle prit un air désolé.

– Ah, vous l'avez loupé, il est parti ce matin en mer. Il ne rentrera que demain. Ou plus tard, il est assez imprévisible. Il revient quand il estime avoir assez pêché. Normalement Loïc, notre cuisinier, le voit dès qu'il accoste pour lui acheter sa meilleure pêche.

Elle me prit à témoin, j'étais le véritable étranger ici.

– Tout ce que nous servons dans le restaurant est absolument frais, il n'y a jamais de surgelé. Vous confirmez, Steve ?

Mon ami opina

– Bien sûr. J'ai le souvenir des huîtres, des homards. Et des soles… hum.

Satisfaite par le compliment, elle sourit.

– Mais vous ne verrez pas votre oncle avant demain matin.

– Tant pis, en attendant vous avez une chambre avec deux lits pour nous cette nuit ?

Elle acquiesça.

– Bien sûr.

– Et pourrions-nous manger ? Nous sommes morts de faim.

Je hochai la tête à plusieurs reprises pour confirmer.

– Jane, allez installer nos deux clients affamés dans la chambre du haut.

Avec un air malicieux…

– C'est, si je me souviens bien, celle que vous préfériez ! Et quand vous serez prêts, venez au restaurant, je vais vous faire préparer notre meilleure table.

Jane et Steve se racontèrent leurs souvenirs tout en montant au dernier étage. Manifestement, ils avaient le même âge et, enfants, avaient fait les quatre cents coups.

L'escalier desservait cinq paliers ; chaque fois, quatre ouvertures indiquaient les chambres. Enfin nous arrivâmes et la jolie blonde ouvrit la porte juste en face de l'escalier. Je fus immédiatement attiré par la fenêtre, pas très grande, mais qui donnait sur la baie. La marée était basse ce qui faisait que devant nous s'étendait une plaine de boue noirâtre. Le paysage marin devait être magnifique à marée haute.

Je tirai les « égreneurs de souvenirs » vers la salle à manger, car mon estomac se révoltait et faisait entendre de sourds grognements.

– À table !

Mon ami, riant, demanda à la belle blonde de porcelaine :

– Tu déjeunes avec nous ?

– Je ne peux pas, j'ai le service et puis c'est déjà fait, je déjeune en cuisine. Mais suivez-moi, je vais vous installer.

La carte attirait manifestement la clientèle locale. La salle était pratiquement pleine et il y avait du monde au service. Jane nous arrangea une table très bien située car elle donnait directement sur la baie. Au cours du repas, la mer s'était mise à monter, un spectacle très fascinant ; au dessert, elle était haute. Ce fut délicieux ; huîtres sauvages de fond, huîtres roses, suivies d'un soufflé à la coquille Saint-Jacques pour moi et d'une sole à la crème pour Steve. Un vrai repas breton. En dessert, nous dégustâmes le fameux Kouign-amann, un gâteau au beurre qui remonte selon la légende au siècle dernier. Du pur poison pour celui ou celle qui aimerait faire un peu de régime !

Le cuisinier, félicité par nous, timide, murmura l'expression bretonne « le fait qui veut, le réussit qui peut ». Nous sortîmes de table le ventre plein, sur cette belle formule un peu obscure.

– Petite balade digestive ?

– Pourquoi pas ? Allons donc observer les mœurs locales.

Je n'étais jamais venu en Bretagne et comme beaucoup de Méditerranéens, j'avais une petite prévention, le temps, le caractère rugueux du Breton de base, etc. En réalité les gens me semblèrent charmants, souriants.

– J'ai l'impression que tu avais un petit ticket avec la Jane, non ? Il s'est passé quelque chose entre vous ?

Sourire énigmatique.

– Tu sais bien ce que c'est, la jeunesse…

Je n'insistai pas, il avait bien le droit d'avoir quelques petits secrets et il n'avait peut-être pas toujours été homosexuel.

Le port était juste à côté et ne présentait pas grand intérêt, il avait dû être construit récemment. Un nuage cacha le soleil, il se mit à bruiner ; on ne devait pas savoir comment s'habiller dans ce bled ! Une fois en ciré, un coup en liquette. Enfin, il caillait tout de même, la chemise seule, niet ! Fallait un petit pull.

Tout à coup, se protégeant de l'ondée par un ciré jaune, surgit le cuisinier timide.

– Hamatanui arrive, j'ai vu sa voile ! Il paraît que c'est votre oncle, c'est juste ? C'est votre vrai oncle ?

– Pur beurre, comme le Kouign amann ! Pourquoi ?

Le dénommé Loïc hésita.

– C'est un homme assez spécial.

Steve rigola.

– Oui, j'imagine qu'il doit sortir du lot par ici.

Il me tapa sur le bras.

– Tu verras, on ne peut pas le louper.

C'est marrant, tout à l'heure, il me semblait que mon ami n'avait pas beaucoup de considération pour son tonton, alors que maintenant, il en était manifestement fier. Complexité des rapports familiaux. Le cuisinier tressaillit.

– Tenez, le voilà !

Effectivement, surgissant de la passe, un petit bateau en bois poussé par la houle se dirigeait rapidement vers nous.

– Il amarre toujours à la pointe !

Il nous montra la fin de la jetée, près du phare clignotant. Nous nous y rendîmes, repoussés maintenant par un vent puissant. L'embarcation n'était pas très grande, un seul bipède pouvait la manœuvrer. Mais un tel homme rendait l'embarcation minuscule car celui-ci était immense, plus de deux mètres. Il portait un ciré jaune vif, comme le cuisinier, le bas était également protégé par un pantalon de la même couleur et aux pieds, une paire de bottes en plastique noir. On ne voyait pas son visage. Il manœuvrait en force, on sentait très bien qu'il gérait à merveille les intempéries ; c'étaient elles qui devaient plier, nom de Dieu ! Le marin attendit le dernier moment, tout près du débarcadère, pour affaler brusquement sa voile noire puis, plus tranquillement, positionna les bouées sur le côté qui frottait sur le quai, jeta un bout à Loïc, et d'un bond, attrapa l'autre qu'il envoya à Steve.

– Chope, mon neveu !

Sa voix correspondait à sa carrure, basse avec des intonations chantantes, exactement comme celles de mon compagnon d'études. Celui-ci s'exécuta agilement et enroula le bout autour de la bitte de fonte. Une fois le bateau attaché solidement, le géant s'accorda un moment pour s'assurer que le résultat du travail était conforme à ses attentes... puis il partit d'un grand rire dans lequel je reconnus encore les traits puissants de mon ami. Il repoussa le capuchon qui recouvrait son visage, l'eau sembla glisser sur sa peau sombre d'homme de la mer.

– Steve ! Ça fait plaisir de te voir ! Mais attends un peu, la pêche avant tout, avant même les salutations !

Il farfouilla dans la sentine, à l'avant, et commença à sortir des cagettes remplies de poissons frétillants.

– J'ai eu de la chance aujourd'hui. Tiens, Loïc.

Nous fîmes la chaîne jusqu'au quai. Je reconnus du maquereau, trois caisses, des lieux jaunes, quelques bars assez gros, plusieurs kilos, quelques poissons ; le pêcheur m'apprendrait plus tard que c'étaient des mulets, et puis deux énormes Saint-Pierre. Loïc hocha la tête, dubitatif.

– Ils sont beaux. Dommage, trop gros. Je ne pourrai pas les vendre. À moins de lever les filets ? Je ne sais pas, laisse-moi une seconde de réflexion.

– Prends tout ton temps, mon gars !

Un accent étrange, moitié breton, moitié tahitien. Lui aussi roulait les R.

– En tout cas, je t'achète une caisse de maquereaux et tous les bars, plus quelques lieus. Oh, et puis, ils sont trop beaux, je prends également un Saint-Pierre, et puis zut, les deux ! Je me débrouillerai toujours.

Le géant tapa virilement sur l'épaule du Breton qui vacilla.

– Je te fais entièrement confiance. Tu sauras sublimer mes produits.

Puis, Hamatanui frappa dans ses mains.

– Bon, ce n'est pas tout ça, j'ai juste le temps d'emporter ma pêche pour la vente de demain matin. Allez, les jeunes, ma camionnette est là-bas. Un petit coup de main ?

Une deux-chevaux fourgonnette nous attendait ; nous mîmes les cagettes à l'arrière du véhicule. Le pêcheur monta à la place du chauffeur, la vitre se souleva et il nous interpella.

– Venez vite, vous êtes en train de vous tremper ! Je suis rudement content de te voir, ce n'est pas très souvent… que se passe-t-il.

– Je…

– Bon, une fois au sec, tu m'expliqueras.

Mes pieds commençaient à prendre l'eau, c'était un vrai naufrage. Mes souliers de citadin n'étaient pas du tout conçus pour ces averses maritimes bretonnes. Je regardai Hamatanui, puis mon ami et c'était évident, nous ne rentrerions jamais tous les trois là-dedans. Déjà quand l'oncle s'était assis, le véhicule avait gémi en s'affaissant, je n'imaginais pas une seconde de rajouter un seul gramme à cette pauvre voiture victime du gigantisme de son propriétaire.

– Nous sommes à côté de notre logement, je pense que nous ferions bien de rentrer à l'hôtel, j'en profiterai pour prendre une douche bien chaude.

– Vous êtes descendus au phare ?

– Oui.

– Très bien, venez manger avec moi ce soir, je vous invite tous les deux.

Il claqua la vitre et se mit en route d'une façon qui ne permit pas de douter une seule seconde du décès prochain du véhicule. Steve ponctua ma décision.

– Tu as bien fait, je me sentirais mieux de dormir un peu avant d'aborder avec lui le problème de la disparition de ma mère. Je suis vanné, j'ignore si c'est la pluie ou quoi, mais il faut que je pionce une petite heure. Tu me comprends au poil ! Tu as su anticiper ma sieste.

– Ce n'est pas ça ! J'ai tout simplement réfléchi que nous ne pourrions jamais rentrer tous les deux dans sa caisse à savon.

Manifestement, personne, à part ma pomme, n'avait pensé à ce petit contretemps technique. Mettre deux mastards de plus de cent kilos, plus un fifi de soixante-dix sur la banquette-avant de ce tas de boue ne posait problème à personne, car mon ami ponctua mon hésitation d'un…

– Ah bon ?

Me prouvant que ce n'était pas du tout un sujet de réflexion qui en valait réellement la peine.

Nous arrivâmes donc à l'hôtel et comme promis, mon ami se reposa… Euphémisme ! En fait, à l'instant où Steve posa la tête sur l'oreiller, un ronflement digne d'un sonneur se mit à retentir. Je posai quant à moi mes jolis souliers en daim à sécher contre le radiateur, ainsi que mes chaussettes et le bas de mon pantalon et je pris une douche brûlante pour réchauffer mes os qui étaient glacés. Puis, encore fumant et rouge comme un homard, je m'allongeai également dans mon lit pour réfléchir à mes derniers cours ; j'ouvris même mon classeur, mais très rapidement mes yeux se fermèrent et mes pensées dérivèrent vers un monde peuplé de rousses flamboyantes, de blondes porcelaines, toutes largement dévêtues, qui m'envoyaient moult invitations pour de folles bacchanales. Un pénéquet d'anthologie !

Mon ami me secoua.

– Allons, il est temps de rejoindre mon oncle ! Tu as assez dormi.

J'avais l'impression d'avoir posé ma tête sur l'oreiller depuis une minute ou deux. Je m'habillai rapidement, mes pantalons et chaussettes étaient secs, mes chaussures presque. Steve était déjà fin prêt, ronfleur, mais ponctuel.

– Peut-être devrait-on prendre une bouteille de vin, j'ai vu une épicerie au village. Je n'ai pas envie d'arriver comme un malpoli.

La pluie avait cessé, mais il faisait toujours aussi froid. L'oncle habitait une toute petite maison de pêcheur à un étage, donnant sur une route peu fréquentée, dans un virage. Les volets et les rideaux étaient ouverts, on apercevait de l'extérieur une petite pièce toute blanche avec dans un coin, un feu de cheminé attirant, rassurant, l'oncle qui s'affairait dans la cuisine. Steve tapota à la vitre, son oncle sourit largement en nous faisant signe de passer par-derrière, par le jardin, peu entretenu. Un fouillis de matériel professionnel était posé çà et là. Des filets réformés pourrissaient dans un coin, sur une brouette avec des pièges à crevettes, des bouées et des filins. Je ne voyais pas clairement car c'était la nuit et la lampe qu'il avait actionnée pour nous recevoir depuis l'intérieur éclairait à peine l'entrée de la porte. Je devinais les ombres.

– Mon neveu et son ami ! Entrez, entrez ! Vous vous êtes séchés ?

Je lui souris.

– On a fait une belle sieste, ouais !

Il secoua la tête avec résignation.

– Je n'en ai pas eu le temps. Et je ne vous garderai pas longtemps parce qu'il faut que je profite de la marée, sinon je perds la journée.

– Mais vous ne dormez jamais ?

– Si, souvent en mer. Une heure par ci, une heure par-là, mais profondément ; ça me permet de bien récupérer.

La maison était coquette avec des délicatesses que l'on n'aurait pas attendues d'un homme si imposant, si grand, si corpulent ! Il y avait au mur deux cadres avec des broderies de grands-mères bretonnes. La cuisine était d'une propreté maniaque. Le couvert était installé sur une petite table en bois juste assez grande pour que l'on puisse s'y tenir à quatre. Une lampe ancienne descendait du plafond et donnait un éclairage ponctuel. Le tonton ne nous avait pas proposé de visiter l'étage mais on pouvait imaginer sans peine qu'il devait y avoir sa chambre avec ses vêtements. Sa veste de pluie était accrochée à un portemanteau, ainsi que ses pantalons. Ses bottes séchaient près de la cheminée. Il portait un gros pull-over de laine blanche qui faisait ressortir sa peau tannée par le soleil breton, comme quoi... Il avait les mains entièrement tatouées et j'imaginais qu'il devait l'être également sous son pull, car j'aperçus une langue bleutée qui montait jusqu'à son menton. Il surprit mon regard.

– Oui, je porte sur moi l'alphabet du Tiki. En désordre, bien sûr... C'est tout le fenua qui passe dans mon corps.

Pour le repas, il nous avait préparé une grosse sole. Un poisson que je ne mangeais jamais dans le Sud.

– Je l'ai faite simplement avec des champignons et quelques pommes de terre.

Comme il fallait anticiper la marée, nous nous mîmes à table immédiatement ; il sortit le poisson qui nageait littéralement dans un océan de crème fraîche. Mais foin de mes préventions, ce fut finalement très bon, parfumé à la muscade et au poivre noir. Après, pour faire léger, l'oncle avait acheté, chez le boulanger du coin, l'inévitable Kouign-Amann. Je me demandai une seconde si tout ça n'était pas un peu riche pour une petite nature comme moi, mais je me laissai tout de même tenter ; ce gâteau-ci était à la pomme, ce qui allégea un peu ma conscience. Pendant tout le repas, la conversation avait tourné autour de sujets légers, je sentais bien qu'il fallait attendre le dessert pour qu'enfin ils abordent le sujet sérieux pour lequel nous avions fait le voyage.

– Passons dans les fauteuils, devant la cheminée ; vous boirez bien, une goutte de Lambig !

D'une bouteille sans marque il nous servit une ration de marin. Saisissant son verre, il nous jeta un œil pour voir si nous suivions. Déclinant l'invitation à boire d'un trait une boisson que je ne connaissais pas, j'affirmai sans détour :

– Je déguste.

Je n'avais pas envie de me brûler l'estomac. Le regard qu'il me porta me sembla ironique et un chouïa méprisant.

Les deux géants s'envoyèrent les verres, puis l'oncle les resservit derechef. Je mis mon nez en éclaireur. Hou là ! Il y avait de l'alcool à brûler là-dedans.

Pendant que nous dégustions nos gâteaux et nos verres de venin, Steve, enfin, se lança. Hamatanui l'écouta, de plus en plus intéressé pour finalement s'arrêter de manger et de boire. Il posa sa petite cuillère dans l'assiette, son verre, il n'avait plus faim, plus soif.

– Mauvais, très mauvais. Elle n'a pas le bon mana.

Je m'informai.

– Le mana ?

– Oui, la force. Il y a des territoires inconnus dans lesquels on ne doit pas pénétrer. De plus, il faut que je vous dise que je connais très bien cette Solange. C'est une incarnation du diable. Son esprit bat depuis longtemps la campagne.

Il laissa dans l'ombre la nature de la relation qu'il avait entretenue avec elle, mais j'imaginais que cela se passait il y a fort longtemps, avant qu'il se soit installé en Bretagne. Il parla des heures, avec un vocabulaire émaillé de mots pour moi inconnus, aux consonances étranges, en roulant fortement les R comme nos anciens dans la campagne et, au fur et à mesure, je ressentis comme une gêne, une incapacité à bouger. J'étais suspendu à ses lèvres, hypnotisé. À un moment, je me demandai si c'était l'alcool breton que j'avais finalement bu, qui me paralysait ainsi. Le géant nous faisait voyager. Il nous entraînait vers des pays que je ne connaissais pas, peuplé de dieux anciens, voleurs pervers, sortant de limbes, que l'on ne voulait absolument pas connaître ; tout était déité, le vent, la mer, la terre les feuillus, les fleurs… Il nous parla de la nature, des zéphyrs, de l'onde, des courants, des habitants des profondeurs, de la montagne, des arbres qui donnaient des fruits, de leur variété, de sa dynastie, de leur famille et à mesure qu'il évoquait sa jeunesse, ses combats héroïques, il me fit basculer dans le désir d'un territoire compliqué, d'aventures épiques, d'amours impossibles. Sans le vouloir, il m'obligea à me regarder, à voir en moi la petitesse, le manque d'ampleur, la radinerie, l'absence d'ambition. Je m'étais dit que je trouverais plus tard les ressorts de la fortune périlleuse, mais il me faisait prendre conscience que je pouvais acquérir tout ça à ce moment. Je n'avais la force, dans l'instant, que de m'enorgueillir de pauvres péripéties liées à mes exploits érotiques. Le géant me fit tout à coup prendre conscience que je n'étais finalement qu'un homme ordinaire ! Il me conforta dans l'idée qu'il me fallait vivre une grande aventure, une épopée !

Comme le jour se levait, je me rendis compte qu'il allait louper la marée. J'interrompis sa logorrhée pour le lui signaler.

– Tant pis, il y a plus urgent. Oui, tu as bien fait de venir, ma pauvre sœur est sous influence mortelle, il faut qu'elle s'en sorte, et il n'y a qu'une personne qui pourra la sauver. Toi.

Il fixa Steve de ses immenses yeux vert marron. Il était très explicite. Mon ami se troubla.

– Mais…

Son oncle se leva et lui posa ses énormes mains sur les épaules.

– Moi, dans cette affaire, je ne suis que le passeur. Il faut y aller, Steve ! C'est ton rôle. Tu es dans le destin de cette femme, qui est dans le tien. C'est ta mère, celle qui t'a donné la vie en coupant d'un geste sûr le cordon qui la reliait à toi, à l'aide du coquillage sacré.

Comment résister à une telle demande, à une telle présence ? Finalement mon ami hocha la tête, oui, il irait, c'était promis. Pendant que l'oncle descendait au port, nous sortîmes de chez lui au soleil levant. Nous étions ivres, mais pas d'alcool.

J'étais déterminé. Steve était plus dubitatif

– Je ne sais plus où j'habite !

L'aventure, les mers du Sud, les vahinés…

– Justement, moi je sais et je t'accompagne !

Ma valise fut vite faite, nous étions passés, dès Montparnasse, dans une agence de voyages ; nous prenions l'avion le jour même vers 19 heures. J'avais mon passeport, il n'était pas obligatoire pour la Polynésie, mais il y avait une escale aux États-Unis, en Californie pour se réapprovisionner en carburant et là, la carte d'identité ne suffirait pas ; nos amis américains nous faisaient repasser la douane ! Il nous fallait donc impérativement ce fameux passeport.

Le projet m'avait ravi. Steve n'avait pas été très difficile à convaincre, il l'était déjà à moitié.

– L'argent ?

Le voyage était très cher, mais là-bas l'on pouvait sans doute compter sur sa famille, qu'il savait nombreuse. Il avait un pécule, son père lui versait une pension.

– Et toi ?

Ma situation était singulière. J'avais de l'argent, suffisamment pour ne pas dépendre d'un patron, et ça pour le restant de mes jours, même si je vivais sans compter et très vieux ! Mes parents avaient eu l'idée saugrenue de disparaître, quand j'étais enfant, dans un accident de voiture. J'avais été élevé par des grands-parents aimants, attentifs, je n'avais ressenti aucune fêlure affective, aucun manque. À leur tour, ils avaient disparu l'un après l'autre, très rapidement, comme s'ils ne pouvaient se quitter et ils m'avaient laissé un héritage complexe, avec appartements, des maisons, des lingots à la banque et des actions. Malgré ma douleur – je les aimais – il avait fallu que je fasse le tour de mes avoirs avec un notaire exigeant. D'une certaine façon, ce dernier avait décidé pour moi du choix de mes études, c'était certainement le pourquoi de la fac d'Assas.

– Vous verrez, ça vous servira toujours.

Cet homme de loi malin ne savait pas que je rencontrerais un jour Steve et son tonton !

J'avais proposé à mon ami :

– Si tu veux, je peux te prêter de l'argent. Tu me rembourseras quand tu le voudras ; j'ai confiance en toi, tu vas devenir un grand pénaliste !

Il avait décliné avec hauteur, manifestement il était fait d'un bois qui refuse l'aide. Il avait été étonné par mon enthousiasme.

– Mais toi, pourquoi ?

– Pourquoi ?

Pour quelle raison allais-je au bout du monde avec lui ? Certainement qu'Hamatanui, son charme, son charisme, sa force, sa vision de la vie y étaient pour quelque chose. Mais je devais avoir en moi, déjà, une minuscule graine qui attendait qu'on l'arrose. Enfant, j'adorais lire. Il n'y avait pas la télévision à la maison, mon grand-père n'aimait pas la petite lucarne lumineuse.

– Ça ne développe pas l'imagination. Et l'imaginaire, c'est tout. Quoi que tu fasses, c'est ce qui te distinguera de tes pairs. Quoi que tu sois dans la vie, charcutier, instituteur, philosophe ou Président de la République, ça fera la différence. Ça et le désir, ce sont les deux moteurs qui te feront avancer, ils sont prééminents à tout.

Du coup j'avais beaucoup lu, ça, il était d'accord, et beaucoup de livres d'aventures. Joseph Kessel m'avait fasciné ; l'homme avait été un aventurier, un journaliste et un romancier droit dans ses bottes. Je rêvais de les lui emprunter, même s'il me semblait qu'elles étaient un peu grandes pour mes arpions.

Et tout à coup, l'occasion se présentait à moi, je n'allais pas la laisser passer !

– Pourquoi je viens avec toi ? Je ne sais pas exactement, mais je sens qu'il faut que je te suive.

Malicieusement il avait encore avancé…

– Et la rousse ? Tu l'abandonnes ?

Une plaisanterie éculée, il y avait bien longtemps qu'elle n'existait plus dans mes fantasmes.

– Pourquoi, il n'y a pas de belles vahinés dans ta contrée ?

Et tout avait été dit.

Il n'y avait, pour se rendre dans ce pays, aucun vaccin, aucune formalité bureaucratique tatillonne. Il suffisait d'avoir un billet d'avion, et nous l'avions. Nous étions jeunes et une mission se présentait à nous, une mère en détresse, cela remplissait les conditions pour bien affûter nos âmes et nos consciences.

– Ton droit ?

J'avais haussé les épaules.

– Je ferai comme toi, je reprendrai mes études une fois ta mère retrouvée. Après…

– Qu'est-ce qui t'a permis de prendre une telle décision ? Mon oncle ?

Oui, il avait certainement été le déclencheur. Mais en étant un tant soit peu honnête, je n'attendais qu'une occasion comme celle-là pour penser à mon avenir.

– Je suis fait pour ce genre de choses, je ne vais pas passer ma vie à discourir devant un prétoire. J'ai envie de voir le monde, je ne sais pas s'il me plaira. Marius Jacob, le gentleman cambrioleur marseillais, disait qu'il n'était pas beau. Je veux me forger ma propre idée.

Tout de même, au moment d'entrer dans l'avion, je fus pris une seconde par une sorte de vertige, une hésitation.

Qu'est-ce que je fabriquais ? Pourquoi quitter une vie douillette et tracée pour moi par un notaire pour aller courir le vaste monde ?

Mais cette indécision ne fut que très passagère, et c'est d'un pas conquérant que je m'avançai dans les travées de l'avion pour rechercher nos places.

Le voyage fut très long. Au bout d'une dizaine d'heures nous atterrîmes en Californie. Rebelote quant aux emmerdements tatillons de la douane, avec la police. Puis nous remontâmes dans le même avion et vogue la galère, encore pour une dizaine d'heures dans le Pacifique. Pendant les deux trajets, si grande était mon excitation que je ne fermai pas l'œil un instant. Steve était également préoccupé et silencieux. Il s'endormit à mi-chemin, à quelques heures de l'arrivée à Papeete.

Nous arrivâmes vers les quatre plombes du matin, il pleuvait des trombes d'eau. J'étais déçu, je m'attendais au soleil, mais non, le temps était à l'orage. Je me dis que décidément ce voyage se ferait sous les auspices des caprices du ciel. À la descente de l'appareil, un employé distribuait des parapluies aux passagers car, pour se rendre à l'aéroport, il fallait marcher un moment sur le tarmac mouillé. Mais la première des sensations quand les portes s'ouvrirent fut la chaleur, bien entendu. Nous avions quitté Paris sous zéro et arrivions à Papeete sous une température beaucoup plus clémente, environ 28°. Je me débarrassai rapidement de mon blouson que machinalement, j'avais revêtu.

Je respirais à pleins poumons l'odeur de feuilles mouillées, de fleurs de frangipaniers, le sentiment excitant de ma nouvelle aventure m'avait complètement réveillé. Et puis, descendant du zinc, une musique retentit, qui alla en amplifiant au fur et à mesure que nous approchions, parapluie à la main, du bâtiment de l'aéroport. C'était un petit groupe de musiciens qui nous souhaitaient la bienvenue, en chantant des chants traditionnels polynésiens. Je trouvai ça étonnant, toute cette énergie, cette gaîté à cette heure matinale. C'était pour moi, un vrai dépaysement, car je n'avais jamais entendu ce genre de mélodie. Au début, cela ne me plut pas, mais bientôt, en attendant nos valises, je commençai à trouver ça plutôt marrant. Nous étions à Papeete, capitale de Tahiti, en Polynésie française. Le passage de la douane fut une formalité. Il y avait les gens venus chercher des amis, de la famille. Les femmes, vêtues pour la plupart de paréos, portaient des couronnes de fleurs polychromes aux odeurs puissantes. Les hommes, qui ressemblaient tous à Hamatanui par la taille, étaient détendus, souriants. Pas de trace de stress, d'agression, comme dans les aéroports du monde entier ; tout semblait calme, lisse. Toutes et tous tenaient des colliers de fleurs à la main, qu'ils passaient autour du cou des arrivants, une façon charmante de souhaiter la bienvenue au pays. C'était tellement attentionné que j'en eus fugacement le désir. Qu'une femme ait tressé pour moi un collier de fleurs en pensant à mon arrivée me parut un instant le summum de la gentillesse. Évidemment personne ne me fleurit.

– Nous voilà arrivés !

Steve me détrompa.

– Non, pas encore, maintenant il va falloir rejoindre l'île de ma famille.

– Un autre avion ?

Il secoua la tête.

– Non, il n'y a pas de piste d'atterrissage, nous devons trouver un bateau qui nous y emmènera. Prenons un tacot pour nous rendre au port.

Ce ne fut pas facile, il n'y avait pas beaucoup de véhicules devant les arrivées de l'aéroport. Ce fut une petite et mince femme asiatique au volant d'un taxi tout neuf, qui finalement nous prit. Elle portait une couronne de fleurs sur ses cheveux noirs, son sourire était très avenant.

– Bienvenue à Papeete !

– Bonjour, nous cherchons à rejoindre le port.

– Pas de problème.

Elle descendit nous ouvrir le coffre pour que nous puissions y déposer nos sacs. Puis vivement, elle fit démarrer le véhicule. Conduite rapide, mais sans à-coups.

– Je m'appelle Léa et je suis à votre service. Le port est de l'autre côté de la ville ; à cette heure, nous n'en avons pas pour très longtemps.

Une Asiatique, des traits fins, une élocution distinguée. Mais manifestement une femme très curieuse.

– Si je ne suis pas indiscrète, qu'allez-vous faire dans cette partie de la ville ? Vous désirez aller à Moorea ?

– Non, non, nous voulons trouver un bateau pour rejoindre une petite île de l'archipel des Australes.

Elle réfléchit un moment, baissant notablement le régime du moteur.

– En bateau ? Vous pourriez y aller en avion, c'est plus rapide.

Un coup d'œil vers mon ami qui secoue lentement la tête. Nous en avions discuté ensemble dans l'avion et Steve préférait le bateau, arguant que nous venions de nous taper presque 24 heures dans une carlingue et que cela suffisait bien. De plus, il s'était renseigné, pour arriver dans son île, il fallait de toutes les façons finir le voyage en bateau, alors…

– Non, nous désirons prendre notre temps.

– Ah bon, alors… Mais c'est que tout est fermé. Les deux compagnies qui desservent les îles n'ouvrent qu'à sept heures.

Hé oui, nous n'avions pas pensé à ça.

– Vous devriez prendre un bon petit-déjeuner dans un établissement que je connais et qui est déjà ouvert, les bureaux sont en face. Parce qu'il pleut, vous allez vous tremper.

Je jetai un regard à Steve qui haussa les épaules, convaincu également du bon sens de la vahiné.

– Eh bien, c'est d'accord, et merci de votre sollicitude, nous n'avions pas pensé à ça. Nous n'avons pas assez dormi dans l'avion et nous sommes un peu exténués.

Petit rire sympa.

– Pas de problème, ça fait partie de mon métier que de conseiller les popa'a fatigués.

Le voyage de l'aéroport au centre-ville ne fut pas très long. Pourtant déjà se formaient çà et là des bouchons. Manifestement la cité souffrait du mal propre aux grandes agglomérations ayant grandi trop vite ; l'infrastructure routière n'avait pas suivi le nombre de citadins qui utilisaient tous leur véhicule.

Le jour se levait paresseusement. La jeune femme nous déposa devant le front de mer, dans un bistrot restaurant sans âme qui ouvrait à peine.

– Voilà, les compagnies de navigation sont juste là, vous traversez la route et vous y êtes.

Je lui donnai un bon pourboire ; un taxi parisien nous aurait largués n'importe où, devant les grilles du port, sans état d'âme, ni se soucier de ce que nous allions devenir.

La jeune fille qui nous accueillit dans l'établissement était encore un peu endormie, mais elle nous sourit gaiement.

– Bonjour, soyez les bienvenus, installez-vous où vous voulez, il y a la place !

Oui, nous étions effectivement les seuls clients.

Nous choisîmes la table en bord de route ; la pluie continuait à tomber comme si elle n'allait jamais s'arrêter. La jeune fille était charmante. Habillée d'un paréo, elle semblait nue dessous. Cette idée me remua plus que je ne l'aurais voulu car mon ami s'en aperçut et se moqua de moi.

– De bon matin ? Quelle santé !

Le visage très hâlé de la vahiné ne portait aucun maquillage et la couronne de fleurs qui entourait son sage chignon était discrète. Uniquement blanches, les fleurs donnaient à son visage quelque chose de pur, de virginal. Ses yeux marron nous caressaient gentiment…

– Bienvenue, bienvenue ! Un sourire, avec deux fossettes mignonnes, illuminait sa bouche.

– Que voulez-vous consommer ?

Je ne savais pas ce dont je pouvais avoir envie.

– Peut-être un thé ?

Elle grimaça.

– Nous n'en avons pas.

– Un café ?

– Oui.

Elle nota scrupuleusement sur un petit carnet.

– Et vous Monsieur ?

– Pareil.

Elle resta devant nous le crayon en l'air, puis voyant que nous ne nous décidions pas :

– Et avec le café ? Nous proposons des jus. Corossol, mangue, pastèque, ananas, avocat, banane, carambole, goyave, ramboutan…

Des fruits frais, ouais, ça me tentait bien, mais que choisir ? D'autant plus que je ne connaissais que la moitié de la liste des fruits cités. Mais elle continua sa litanie.

– Et des œufs à la coque, au plat, brouillés, en omelette. Avec des toasts, des tartines, des croissants au beurre ou des pains au chocolat… Nous pouvons également vous proposer du poulet fumé avec du riz, préparé dans nos fumoirs installés dans le haut de la ville, du poisson frit ou alors cru, légèrement cuit avec le citron et assaisonné de lait de coco, d'oignon du pays et de tranches fines de carotte et de concombre. Poisson à la tahitienne, quoi.

Il faut le dire, cette énumération de sa carte nous éteignit complètement.

– Euh… je vais prendre un jus de fruit… ananas peut-être.

– Ananas, très bon choix, nous venons d'en recevoir des Marquises, hier matin. Vous verrez, ils sont très savoureux. Et pour vous Monsieur ?

– Du poisson cru.

Steve me surprit ; je le regardai.

– J'adore ça. Ma mère m'en faisait souvent, je ne résiste pas.

La jeune fille reprit la parole.

– C'est du thon que je vous propose aujourd'hui.

– Très bien.

Je n'aurais jamais pensé que l'on pouvait manger du poisson cru le matin ! Mais il n'avait pas fini la commande.

– Avec peut-être un jus de mangue… et puis des œufs brouillés… avec des toasts.

Un ogre, je voyageais avec un ogre ! Enfin, satisfait, le sourire radieux de celui qui a assuré son avenir immédiat, il s'enfonça confortablement dans son fauteuil de plastique.

– S'il n'y a pas de bateau, il nous faudra prendre un hôtel.

– On verra tout à l'heure ce qu'on décide, en fonction de ce genre de paramètres.

Le jour se levait. Après les agapes, et elles furent longues, colorées et de senteurs quelquefois composites, nous reprîmes un café et regardâmes le flot de voitures de citoyens se rendant au travail, qui avait depuis que nous nous étions installés plus que triplé. Nous étions tous deux perdus dans nos pensées. Moi, je me demandais à quoi pouvait ressembler la mère de mon ami. Est-ce qu'elle lui ressemblait ? Et qu'allait-elle dire en nous voyant ? Peut-être que je devrais m'absenter pour les retrouvailles qui risquaient d'être épineuses.

Puis les grilles du port s'ouvrirent, des gens commencèrent à arriver sans se presser. Nous repérâmes un guichet libre ; j'avais pour ma part été attiré par une agence de voyages et sa jolie employée qui me souriait gentiment. Pendant ce temps, Steve se renseigna pour le navire. Il revint avec des tickets.

– Nous avons de la chance, un bateau part pour les Australes dès ce soir.

En Polynésie française, il y a cinq archipels d'un peu plus d'une centaine d'îles. L'archipel de la Société, avec les îles du vent dont fait partie Tahiti, les îles sous le vent, les Marquises, l'archipel des Tuamotu, l'archipel des Gambier et enfin l'archipel des Australes. C'est là que nous nous rendions.

– Épatant ! Combien de temps ?

– Cinq nuits, six jours.

– Tu nous as pris des couchettes ?

Il hocha la tête en souriant.

– Oui mon prince ! En first classe.

En Première ? Comment sont-elles ?

Il n'en dirait pas plus, mystère et boule de gomme !

Le centre de la ville était tout proche. La jeune fille de l'agence de voyages avec qui j'avais fait un brin de discussion, gentiment, m'avait conseillé de visiter le marché.

– Tu verras les poissons, les fruits et légumes, et l'artisanat de toute la Polynésie : tikis, perles, vanneries, paréos.

Elle m'avait tutoyé immédiatement, sans chichi, j'avais adoré. J'apprendrais très vite que c'était tout à fait normal en Polynésie.

– Tu pourras traîner tout autour, il y a beaucoup de commerçants.

Nous décidâmes de suivre ses conseils judicieux, nous devions passer le temps jusqu'au soir.

Mais le temps filait, il était déjà dix heures. L'agglomération de Papeete avait toutes les caractéristiques d'une ville coloniale. De profondes tranchées, après les larges trottoirs, indiquaient que les violentes averses étaient courantes. La pauvreté aussi. Je repérai quelques personnes habillées en haillons qui dormaient sur des cartons. Hommes et femmes, ravage de l'alcool. De gros tas de poubelles prouvaient également que les services de voirie ne suivaient pas. Ça me rappelait ma ville, Marseille, où les différentes municipalités n'avaient jamais pu résoudre ce problème endémique.

Il était assez tôt, pourtant les magasins de perles de culture étaient tous ouverts et alternaient avec ceux de tissus et quelques banques. Nous arrivâmes enfin au marché, poussés par une foule indolente joyeuse et bordélique. Se trouvaient d'abord des marchands de légumes, de fruits, et de fleurs qui embaumaient l'immense halle métallique. Ça sentait la vanille, la fleur de tiaré ; des couronnes habilement disposées étaient exposées là, en attente d'orner la tête des Tahitiennes. On nous proposa de la noix de coco sous toutes ses formes. Ouverte directement du dos d'un sabre pour en boire l'eau à la paille, ou bien le lait, dans des bouteilles en plastique, la chair immaculée à déguster, ou encore cuisinée en gâteaux. Il y avait également les autres fruits dont je connaissais la plupart, mais pas tous ! Bananes de toutes sortes, des plus grosses, de la taille de deux mains, aux minuscules d'à peine un doigt, et colorées, vertes, rouges à jaune vif, mangues de toutes formes et dimensions, papayes, tamarins, melons, pastèques, etc. Les marchands de confiture, de monoï, de vanille nous proposaient également leurs produits venant de toute la Polynésie.

Puis, ce furent des vendeurs d'artisanat ; perles, chapeaux, pagnes, Tikis en bois ou en pierre, bijoux de toute nature et enfin, au milieu, les poissons. Là également, j'en reconnus quelques-uns. Le thon, l'espadon, le rouget, mais j'appris à connaître le perroquet et le mahi-mahi. Il y avait aussi sur les étals, des oursins, des crevettes, des langoustes, des crabes, et même des bénitiers. Je ne savais pas que ceux-ci se mangeaient. Steve était très excité.

– J'ai envie de tout goûter. Ma mère me parlait des bénitiers, c'est très bon paraît-il !

– Encore ?! Mais nous avons déjeuné comme des goinfres, il y a à peine deux heures !

Il consulta sa montre et secoua doctement la tête.

– Non, non, trois heures et demie, bientôt c'est le moment de déjeuner.

Oui, un ogre, je voyageais avec un ogre !

Faut dire qu'il avait un grand et gros corps, bien alimenté, la machine était imposante. Nous empruntâmes l'escalier roulant qui menait à l'étage. Des magasins vendaient un peu de tout dans l'esprit de l'artisanat traditionnel. Nous jetâmes un coup d'œil aux ukulélés, coquillages, nacres, perles, chapeaux de paille ; mon ami examinait tout, discutait, lançait quelques mots en tahitien et moi, je regardais les filles. Il y avait de vraies beautés, corps libre, œil coquin, cheveux lâchés, plastiques d'enfer. J'avais l'impression quelquefois de me trouver dans un tableau de Gauguin, le peintre impressionniste qui vivait aux Marquises et qui a peint des muses érotiques de Hiva Oa, à la fin de sa vie.

Bien évidemment, j'adorais !

Au milieu de l'étage, se trouvaient quelques snacks avec leurs spécialités, et enfin un grand restaurant. Mon ami s'approcha de la carte, salivant à l'avance.

– Bon sang de bois, j'adore ça.

– Quoi ?

– Poulet Fafa. C'est du poulet coupé en morceaux avec des herbes, genre épinards, du lait de coco, de la muscade et du gingembre, c'est délicieux.

Ouais, ça n'avait pas l'air mal du tout.

Le temps s'était écoulé très vite ; mon compagnon me fit gentiment penser qu'il était plus que l'heure de passer à table. Nous nous installâmes et enfin, Steve put se régaler tout son saoul ; moi, je n'avais pas encore assez faim. Je me contentai de boire une bière locale, une Hinano. Tout doucement le marché se vidait.

– Que fait-on ?

– Nous pouvons essayer d'embarquer. Nous sommes en avance, mais…

Le bateau était assez loin, ça nous permettait une petite balade sur les quais encombrés d'engins en mouvement, de grues qui montaient et descendaient des containers en métal peint de couleurs primaires. Gros insectes métalliques, meublant l'espace sonore de gémissements grinçants. Nous nous taisions, tous deux plongés dans nos pensées.

À quelle sauce allions-nous être dévorés ? Tout à coup il y eut une énorme masse sombre devant nous.

– Ah, voici notre bateau !

TUHAA PAE IV !

Le bâtiment n'était manifestement pas de la première fraîcheur. Çà et là j'aperçus quelques taches de rouilles. Mais il était encore bien fringant. Marrant, il ne semblait pourtant pas conçu pour ces latitudes ; je l'aurais plutôt vu se balader dans les îles du Nord, genre Islande. C'était peut-être dû à la forme étrange de sa coque. On aurait dit que l'avant avait été construit pour briser la glace, chose étrange ici.

– Ia ora na !

Un homme d'équipage nous salua. Il était chargé d'empêcher les resquilleurs de rentrer. Nous lui expliquâmes que nous prenions ce bateau pour Rapa. Devant nos tickets, il nous laissa passer et nous envoya à l'un de ses collègues, manifestement chargé d'accueillir les voyageurs.

Celui-ci nous montra notre chambre. Tu parles d'une première ! C'était vraiment minuscule, mais c'était bien suffisant ; un hublot me permettait de ne pas me sentir enfermé. Steve choisit la couchette du haut. Les draps étaient propres, il n'y avait pas de couverture, mais je pensai que ce n'était pas indispensable. Encore que j'eusse lu quelque part dans l'avion que les hivers pouvaient être rigoureux dans les Australes, mais ils avaient lieu de juin à septembre ! Loin de nous, donc ! J'avais acheté dans la grande librairie de Papeete, un livre que je tenais à lire depuis longtemps. Il s'agissait du célèbre bouquin « Au-dessous du volcan » de l'écrivain britannique Malcom Lowry… au hasard, Balthazar !

Aussi quand tu partis, Yvonne, j'allai à Oaxaca. Pas de plus triste mot. Te dirai-je, Yvonne, le terrible voyage à travers le désert, dans le chemin de fer à voie étroite, sur le chevalet de torture d'une banquette de troisième classe, l'enfant dont nous avons sauvé la vie, sa mère et moi, en lui frottant le ventre de la tequila de ma bouteille, ou comment, m'en allant dans ma chambre en l'hôtel où nous fûmes heureux, le bruit d'égorgement en bas dans la cuisine me chassa dans l'éblouissement de la rue, et plus tard, cette nuit-là, le vautour accroupi dans la cuvette du lavabo ? Horreur à la mesure de nerfs de géant !

Magnifique ! Un gros livre ; j'avais eu un peu peur de m'ennuyer sur le bateau. Il devrait m'aider à passer le temps. Je ne connaissais pas le Mexique ; un total dépaysement, mais un livre de pérégrination.

Les îles que nous allions desservir avec le TUHAA PAE IV étaient dans l'ordre : Rurutu, Tubuai, Raivavae et enfin Rapa.

Après deux jours de voyage en mer, nous devions donc arriver à Rurutu, qui est une île volcanique pas très grande et sans lagon. Un jeune marin tahitien nous apprit qu'elle était criblée de grottes et que nous n'aurions pas le temps de la visiter car nous repartions presque immédiatement. Ce serait d'ailleurs le cas pour presque tous les arrêts que nous allions effectuer. Juste le temps de descendre un container ou deux, et en voiture Simone !

Les amarres furent larguées et nous prîmes la mer. Deux journées où nous prîmes nos marques sur le bateau, Steve allait discuter avec les membres de l'équipage, heureux de se frotter à des gens de son peuple, quant à moi, je lisais mon livre en jetant de temps en temps quelques regards sur la mer. On se retrouvait au repas qui était composé exclusivement de poisson cru, souvent du thon avec du lait de coco, du riz et des légumes. En dessert, des fruits. Je m'y étais finalement fait et trouvais cela délicieux. Les nuits chaudes en mer furent un peu difficiles, avec le décalage horaire, mais finalement tout rentra dans l'ordre.

Enfin Rurutu fut en vue.

La première chose que je vis, fut des pierres, beaucoup de pierres. D'imposantes falaises de calcaire formaient une décoration imposante sur une grande partie de l'île. Le reste était bordé par de larges plages de sable blanc. Un vrai paradis tel que je pouvais le rêver, avec quelques nuages ronds et blancs accrochés aux hauteurs. Tout était vert dans l'intérieur, des cocotiers et des arbres que je ne connaissais pas bordaient la route qui avait l'air d'en faire le tour. Du bateau on ne voyait pas encore tous les détails mais au fur et à mesure que l'on s'avançait, on arrivait à distinguer toute la beauté du site.

Le capitaine n'avait pas froid aux yeux, il drivait son gros cargo comme une Fiat dans les ruelles de Palerme. Il arrivait à fond de train dans le chenal et ne condescendait à ralentir que quand on voyait la couleur des yeux des vahinés qui déambulaient sur le quai.

– L'île a été appelée Etoroa par le passé ; en langue polynésienne, c'est tout simplement le panier. Mais c'est aussi l'île aux baleines. De fin juillet à fin septembre les baleines à bosses viennent dans ces eaux pour donner naissance à leurs petits.

Nous apprenions d'un tout jeune marin, étudiant en histoire des civilisations. Gentil, il nous servit de guide touristique pendant tout le voyage. Il travaillait à bord pour se faire un peu d'argent afin de continuer ses études tranquillement.

– Tout coûte fort cher à Paris. Le moindre studio…

Steve à qui le choix des études du jeune homme plaisait bien, lui demanda quelles étaient ses profondes motivations ?

– Les Tahitiens ne connaissent pas leur histoire. Elle leur a été confisquée par l'État français et avant cela, par les premiers curés envoyés dans les Australes pour coloniser le bon peuple barbare.

C'était un « demi ». Moitié tahitien, moitié chinois. Il faisait ses études en fac à Paris. Il était doctorant, mais il devait, quand il avait du temps libre, participer au bien-être et au pot commun de la famille, en travaillant sur ce cargo mixte.

– « Rurutu » viendrait, du plus loin qu'on se souvienne de Rurutu tu noa i te ono a'e, c'est-à-dire le nom de la lance de Iro, premier guerrier Oropa'a débarqué vers le milieu du XIIIe siècle.

Steve buvait les paroles de l'étudiant-marin qui nous informait utilement et gentiment sur son pays. Nous allions ainsi apprendre que les mélanges étaient coutumiers en Polynésie, chaque famille avait des membres qui venaient d'ailleurs, des archipels voisins, voire de pays plus lointains. Très souvent les Tahitiens disaient qu'ils avaient du sang breton. Ou bien corse. Voire américain, suédois ou chinois. Ce melting-pot me rappelait la belle Marseille. Chez moi, nous venons tous d'ailleurs, je n'ai aucun ami qui n'ait dans sa famille, un gugusse qui vienne de droite ou de gauche. C'est une des principales raisons du chauvinisme des Marseillais. L'antique cité n'est pas une ville de sang, mais d'amour. On ne la subit pas, on la désire.

– Iro ou Hiro est très souvent un dieu, celui des voleurs. À Huahine, dans les îles sous le vent, on peut admirer son sexe. Une montagnette pointue. Partout, il y a des histoires avec cette déité.

J'étais aussi curieux que mon ami car finalement, je m'en rendais compte au fur et à mesure du voyage, il ne connaissait que très peu son pays.

– Comment s'est passée la colonisation ?

– Ici, plutôt bien. Ça a calmé notablement les guerres de clans qui ravageaient l'archipel. À l'arrivée des Occidentaux, le roi Teuruarii est devenu naturellement le premier maire de Rurutu et le tour a été joué. Tout a changé, mais rien n'a changé.

Nous étions tous les trois appuyés sur le bastingage quand on appela Ari, l'étudiant cultivé, qui devait aller bosser. Je pensai à la conversation que nous avions eue ensemble, aux questions que nous lui avions posées.

– Ari… tu te souviens la signification de son nom ?

– Ouais, bien sûr. Cela veut dire quelque chose comme, « eau profonde au chant agréable ».

Nous ne restâmes un très long moment à quai. Nous regardâmes, fascinés, le déchargement du ventre du bateau avec l'effervescence qui s'ensuivait sur la terre ferme.

Et nous repartîmes pour l'île suivante.

À bord, nous étions, avec un vieil Américain et une vénérable Tahitienne qui allait rejoindre sa famille, les seuls voyageurs. Nous prîmes le petit déjeuner et les autres repas tous ensemble avec l'équipage. Tout naturellement l'Amerloque s'était installé avec nous, le chef mécano et le jeune étudiant, la dame avec le reste de l'équipage. Les deux vieux se connaissaient, car le grand blond et la petite femme faisaient souvent le voyage. Celui-ci vivait à Rapa avec une vahiné qu'il avait rencontrée et séduite dans l'île. Ils avaient eu deux garçons et deux filles, et avaient ainsi fondé une famille. Il était habillé de façon très excentrique pour la région ; un pantalon coupé aux genoux de couleur indéfinissable, mais qui avait dû être rouge il y avait très longtemps, un polo vert vif et des bottines en plastique jaune, avec un chapeau de paille démesuré, qu'il portait fièrement et ne quittait jamais. Le haut du capéou s'était défait en partie et l'on voyait un bout de son crâne dégarni, rose, parsemé de taches de rousseur. En dessous, un visage émacié, mais rieur, dont j'imaginais le nez, peler en permanence.

– Je ne sais pas pourquoi j'ai décidé un jour de m'arrêter ici, ma peau ne supporte vraiment pas le *sun*.

Il m'intriguait.

– Il y a longtemps ?

Ses yeux bleus, très clairs, étaient en partie cachés par des lunettes de soleil. Il soupira :

– Des siècles ! J'ai déserté pour ne pas me faire supprimer par le Viêt-Cong dans la guerre que les USA avaient décidé de déclencher dans cette partie du monde ! Moi, militaire ? Vous imaginez un peu ? Et depuis…

Soupir.

– Je n'ai plus le droit de rentrer chez moi.

Un déserteur ! L'armée américaine était sacrément rancunière.

– Votre pays vous manque ?

Il secoua la tête énergiquement.

– Pas du tout ! Je viens d'un bled à côté de Tulsa, dans l'Oklahoma. Une ville de ploucs ! Racistes, bêtes, méchants, les habitants se prennent pour le centre du monde, ils sont égocentriques et aigris… des vrais bœufs. Non, les USA ne me manquent pas. Aujourd'hui je suis fièrement Tahitien. J'ai eu mes papiers français, il y a maintenant une bonne dizaine d'années.

Il leva les yeux au ciel.

– Ça n'a pas été facile, facile. Vos bureaucrates sont vraiment… terribles !

J'imaginais très bien, encore qu'il devait être plus commode en étant Américain et ayant épousé une Française, de devenir Français qu'en étant Algérien avec une famille algérienne !

– Mais vous ne pouvez pas rentrer chez vous ? Vous avez toujours des proches là-bas ?

– Non, tous mes parents ont disparu. Il y a bien ma sœur, mais… il paraît que je suis la honte de la famille !

Il était rêveur. J'eus pitié de lui ! C'était dur d'être ainsi rejeté.

– Enfin… j'étais, la honte à l'époque. Aujourd'hui, je ne sais pas. Peut-être ai-je des neveux et nièces qui rêvent de l'oncle qui a fait souche dans le Pacifique ?

– Mais de quoi vivez-vous ?

Il sourit malicieusement.

– Grâce à ma vahiné. Nous vivons toujours une belle histoire d'amour et cela fait plus de vingt ans. Elle avait, à l'époque, hérité d'un très joli terrain à Rapa, dans la montagne, sur le versant sud. J'avais de mon côté un peu d'argent, gagné lorsque j'étais courtier en bourse. Nous avons fait construire une maison, à partir de plans que nous avions dessinés, puis nous nous sommes installés comme paysans. L'endroit est idéal, il y a une petite rivière avec un terrain propice à l'agriculture ; ici, tout pousse.

– Que faites-vous pousser ?

– Un peu de tout… haricots, tomates, poivrons, aubergines, plus les racines ; taro, manioc, et puis l'uru, bien entendu.

– Pas de fruits ?

– Si, bien sûr. Tout ce qui se fait par ici. Petit à petit, nous avons abandonné les pesticides, et aujourd'hui nous sommes entièrement bios. J'ai même réussi à obtenir du raisin. Pas encore beaucoup, enfin, pas de quoi faire du vin, mais j'y travaille…

Nous arrivâmes à Tubuai[1].

1. Tupua'i, graphie de l'académie tahitienne ou Tupuai en graphie Raapoto

Ce qui était merveilleux dans ces îles, c'était, pour un amoureux de la mer comme moi, la pureté de ces ondes. L'eau était tellement limpide que l'on percevait loin au fond jusqu'aux plus petits détails ; les poissons multicolores, les coraux… J'aurais pu passer le restant de ma vie à regarder là-dedans et je me languissais de chausser une paire de palmes, d'enfiler un masque pour y aller voir de plus près. Mais ce que l'on voyait de ces îlots volcaniques, les arbres, les cultures de légumes, de fruits, les fleurs, étaient également un spectacle des plus réjouissants.

La passe fut franchie rapidement et nous ne restâmes qu'une heure. D'après ce que j'avais compris, c'était une île toute ronde, entourée d'un beau lagon qui suivait la côte régulièrement. Le lagon était très important et peu profond, la couleur de l'eau était d'un bleu turquoise magnifique. Du bateau l'on voyait nettement le jardin de corail habité de milliers de poissons d'aquarium ; nous étions fascinés.

L'animation sur le petit quai n'était pas intense, il n'y avait manifestement pas de charroi. Seuls deux 4x4 poussiéreux et rouillés étaient venus attendre notre bateau. L'un d'entre eux avait le capot complètement rongé par le sel et le soleil ; c'était une broderie délicate. On apercevait, sous le moteur, des traces subtiles de peinture suggérant qu'il avait dû être d'une couleur rouge à une autre époque, remplacée par des éclats métalliques et rouillés.

Tubuaï signifiait le caillou tombé du ciel – traduction approximative – je pense que c'était par rapport à la forme cylindrique de l'île. Plus en hauteur, le Mont Taita culminait à 422 mètres, une montagnette.

Gentil, souriant, disponible, pédagogue et savant, Ari était toujours par-là, pour répondre abondamment à nos questions.

– Cook s'y arrêta lors de son troisième voyage austral en 1777 et lui donna le nom de Toubouaï. Il précisa dans son carnet de bord que l'île était accueillante, mais peu pratique pour mouiller à cause de son immense barrière de corail.

D'après l'étudiant, c'était pour ces raisons que les vrais révoltés du Bounty s'y étaient réfugiés. Ils s'y sentaient en sécurité. Ils y avaient construit un fort en bois, le fort Georges, en l'honneur du roi Georges III d'Angleterre. Mais les dissensions éclatèrent au sein du groupe de révoltés et les survivants du Bounty finirent leurs vies sur l'île Pitcain.

Nous nous installions, pour voir le débarquement du conteneur en ferraille, toujours au même endroit et c'était exactement là, le poste de l'étudiant. Il devait veiller à ce que la corde envoyée par-dessus bord arrive bien à l'homme chargé de la récupérer sur le quai. J'avais immédiatement pensé qu'il serait notre guide pour tout le voyage, je ne m'étais pas trompé. J'aimais cette balade à la poursuite de la maman de Steve, qui nous menait de paradis en paradis.

Je m'émerveillais chaque jour de ma décision spontanée et folle, qui m'avait permis de partir ainsi, sur un coup de tête. J'avais ainsi l'impression d'apprendre la vie. Paris et ma vie d'étudiants ne me manquaient pas du tout. Il en était de même pour mon compagnon de voyage. Bien sûr, lui, plus nous approchions de l'île de ces ancêtres, plus il paraissait préoccupé. Nous avions bien fait de choisir le bateau, C'était un voyage très agréable, il n'y avait que très peu de grain et la mer, à part quelques grosses houles, n'était pas très en colère.

Nous arrivâmes à Raivavae au petit matin. Des ombres immenses, sombres et mouvantes sous le bateau, allaient et venaient, élégantes, gracieuses.

– Des Raies mantas !

Elles devaient bien mesurer six à huit mètres d'envergure.

– Elles vivent entre le port et le motu, elles sont protégées et soigneusement répertoriées.

Notre guide, ce matin, était particulièrement prolixe.

– L'île est également célèbre par la particularité de la taille et du mode de fabrication de ses va'a[1]. Les planches qui les forment sont cousues à la main.

– Cousues ? Et à la main ?

– Exactement, et vous ne pouvez certainement pas imaginer toutes les compétences qu'il faut pour construire un va'a. Tout concourt à obtenir cette embarcation parfaite. Oui, toutes les sophistications héritées de nos ancêtres

1. Pirogues traditionnelles de Polynésie qui se composent d'un canoë et d'un balancier

depuis le début des temps sont mises à contribution. Le choix des essences de bois en fonction de leur âge, leur flottaison, leur résistance aux attaques du soleil et du sel de la mer, le choix de la portion utilisée… ces pirogues ne sont construites qu'avec ce que nous donne le fenua, la nature. Le uru pour la coque, les flotteurs sont faits avec du bois de pùrau. Pour le calfatage on utilise la sève de l'arbre à pain et les liens sont obtenus avec de la fibre de cocos tressée. Tout nous est offert pas le fenua.

Contrairement aux autres îles abordées, il y avait foule pour attendre le bateau. Bien qu'il fût encore relativement tôt, il régnait sur le quai une animation gaie. Les familles endimanchées se croisaient, s'interpellaient, il allait certainement se passer quelque chose d'inhabituel. Je pensais à un mariage, mais Ari me détrompa.

– C'est beaucoup plus simple, c'est la messe… En Polynésie la religion est très importante, les gens sont très croyants.

D'après lui, il y avait encore qu'une dizaine d'années, le pasteur faisait couper l'électricité tous les dimanches, pour que les habitants puissent se consacrer toute cette sainte journée à Dieu. Ainsi, ils ne pouvaient pas regarder la télé, œuvre du Diable.

Les religions…

Nous commencions à avoir un vrai fonctionnement de marins connaissant les méandres de leur bateau sur le bout des doigts. Le chef mécanicien nous avait emmenés faire le tour de la salle des machines, nous en étions ressortis impressionnés mais complètement abrutis par le bruit infernal des énormes moteurs en marche. Le second, un homme mince, profitant de la sieste du commandant et cédant à nos sollicitations, nous permit de visiter la coupée de pilotage. Ce que j'en avais retenu, c'était une vue particulièrement efficace sur l'environnement et le fait que l'on communiquait avec la salle des machines par un tube occulté par un bouchon de bois. Nous nous étions un temps, amusés à appeler notre ami le mécanicien par le truchement des tuyaux. Il avait fallu que l'on débarrasse rapidement les lieux, la sieste du commandant étant finie. Nous ne l'avions pratiquement jamais vu car il mangeait dans sa cabine et ne mettait à aucun moment le nez sur le pont. Je l'avais croisé en coup de vent un soir.

– Capitaine mystère !

Le jeune matelot le défendit faiblement.

– Il ne veut pas se mélanger !

– Tant mieux pour nous, tant pis pour lui.

Nous connaissions donc tout le navire, du sol au plafond, même l'office, que le cuisinier avait fini par nous laisser visiter. Et je me demandais encore comment ce dernier arrivait à nous concocter ses bons petits plats dans un endroit pareil ! La pièce était minuscule, mais rangée et nettoyée comme un laboratoire.

L'homme était un artiste ; il préparait le repas pour l'équipage et les passagers, mais dans cette catégorie nous n'étions que quatre ! Il rivalisait tous les jours d'imagination et nous concoctait avec amour de très bons petits plats, dignes de grands chefs. Il aimait son métier ; d'un abord plutôt timide, il s'ouvrait pourtant très rapidement dès qu'on lui parlait de sa passion, la cuisine. Un jour, après le service…

– J'ai fait le choix de bosser ici pour des raisons personnelles, mais je n'ai pas toujours exercé sur des sites aussi modestes !

En effet, son métier lui avait permis de faire le tour du monde, il avait travaillé dans des chaînes prestigieuses, des restaurants très réputés au Japon, à Dubaï, en Californie et même à Paris. En évoquant la capitale française, son regard s'était voilé.

– Ah, Paris. L'Hôtel de Vendôme !

Il avait soupiré.

– J'ai appris là-bas, avec un très grand chef, à affûter mon imagination. J'étais encore bien jeune. Paris, oui ! Tout peut arriver ! J'ai surtout exercé à la Tour d'Argent, sur les bords de la Seine, où j'ai appris comment il fallait travailler le canard au sang, une spécialité de ce restaurant, qui a fait sa réputation. J'ai même amélioré la recette, enfin je crois, en ajoutant à la sauce… mais ça, non, je ne peux pas vous le révéler. C'est un secret !

J'étais curieux comme un chat.

– Le canard au sang ?

– Oui, également appelé canard à la presse ou encore canard à la rouennaise, car c'est un aubergiste de cette région qui l'a inventé, le Père Denise.

– Hum, ça a l'air très bon, tu nous prépares ce plat pour ce soir ?

Il avait secoué la tête, désolé.

– Impossible ! Il faut pour cette recette un appareil très sophistiqué pour presser les canards. Je n'en ai vu qu'un exemplaire à vendre dans une quincaillerie de Marseille, chez « l'Empereur ». Il coûtait très cher !

– Et qu'est-ce que cette recette a de particulier ?

Il avait plongé dans ses souvenirs avec délice.

– C'est considéré en France comme le summum de l'élégance. Le canard est présenté servi avec une sauce constituée de son sang et de sa moelle.

Puis, fier :

– J'ai eu l'honneur d'être fait gentilhomme par l'Ordre des Canardiers pour mes trente ans !

Ce discours avait été exprimé avec force dans la minuscule cuisine du bateau. Je voyais la mer nous rappeler à son chaos avec une forte houle, je n'avais jamais été aussi convaincu de sa force, ici dans le Pacifique. Pourtant, je connaissais les grosses colères de la Méditerranée, qui est brouillonne, changeante, peu fiable, et tiraille les pointus, mais là, l'océan dégageait une force brute, adaptée aux mortels de ce pays.

Le cuisinier s'y connaissait également en vin. Comme tous les hommes de goût, il alliait ces deux passions en parallèle.

– Je demandais toujours au sommelier de conseiller, pour ce plat particulier, un blanc spécial, un vin de terroir du petit village de Rasteau. Quelques hectares sur un sol de dépôts fluviaux du quaternaire, très caillouteux. Un pousse-au-crime droit, élégant et fruité, grenache et mourvèdre.

Une mémoire infaillible.

– Du domaine, je me souviens très bien de Gramiller. Le propriétaire était… Frédéric Julien ! Je crois qu'il faisait également du bourboulenc et du roussanne, minéral et aromatique ! J'avoue que j'avais un faible pour le blanc de Rasteau.

Je fus séduit par ce petit homme ; il devenait immense dès qu'il parlait de son art.

– Mais pourquoi, avec ce parcours, travailler sur ce bateau ?

Manifestement l'homme nous avait à la bonne, il nous aimait bien.

– C'est une longue histoire…

Je rigolai.

– Nous avons tout le temps.

Il hésitait, manifestement cette aventure était encore très douloureuse à son esprit.

– En bref, c'est à cause de l'amour.

Son visage se figea douloureusement, on lui faisait revivre quelque chose qui incontestablement le minait.

– Je n'ai jamais raconté ce qu'il m'était arrivé… à personne ! Il faut me promettre de le garder pour vous.

Intrigués, nous jurâmes bien entendu.

– À l'époque je vivais à Londres et travaillais dans un restaurant proche de la City. Une nuit, en rentrant chez moi, la tête dans la lune, j'ai buté sur un corps étendu devant moi. C'était une jeune femme qui venait de se faire agresser.

Il l'avait hissée jusque chez lui, l'avait déshabillée, l'avait lavée et flanquée au lit avec des somnifères. Mais dans la nuit, elle s'était mise à délirer, tremblante de fièvre. Appelé en urgence, le médecin lui avait dit que cette jeune fille souffrait simplement de manque. Une droguée. L'homme de science lui avait montré les nombreuses traces de piqûres à la pliure du coude. Il n'avait fait aucun commentaire sur les bleus qui commençaient à apparaître sur le corps de la suppliciée, car cela se passait dans un secteur très chic de la capitale anglaise. Un quartier où l'on ne pose pas de question gênante. Le cuisinier ne savait que penser, ni surtout que faire.

– Qu'est-ce qu'il va se passer ?

– Il faut l'emmener à l'hôpital. Sinon, elle va faire crise sur crise, à chaque fois plus violente. Elle peut s'en prendre à vous… ou à elle-même.

– L'hôpital ?

Il ne le voulait pas. Il lui semblait que c'était un peu l'abandonner. Quand le médecin avait quitté l'appartement, la jeune fille dormait, assommée par les barbituriques.

– À son réveil, essayez de lui faire prendre ces médicaments.

– Je ne sais pas comment je vais pouvoir m'organiser, je travaille. Et mes horaires sont compliqués

Le médecin avait une solution. Il y a toujours un moyen lorsqu'on a de l'argent.

– Si vous ne voulez pas l'envoyer à l'hôpital, vous pouvez faire appel à une société spécialisée.

Il lui avait donné les coordonnées d'une agence qui s'occupait de ce genre de cas particuliers.

– Pourquoi vous l'avez prise en charge ? Vous étiez entiché ?

Depuis qu'il avait entamé son récit, nous prenions garde de ne pas l'interrompre, car cette aventure étrange nous passionnait.

Le Coq[1] secoua la tête.

– Pas du tout. La pauvre, elle était bien amochée et ne risquait pas, ainsi, de faire tomber amoureux qui que ce soit. À moins d'être un taré. Non, je ne sais pas ce qui m'a pris.

Il regarda la mer, songeur.

– Comment vous expliquer ? Dès mon plus jeune âge, je n'ai vécu que pour la cuisine. Et pour moi. Je me sentais un peu inutile, pas dans le réel. J'avais là l'occasion de rendre réellement service.

L'agence lui envoya dans l'heure, deux infirmières solides, efficaces, professionnelles et dignes de confiance.

– Ne vous inquiétez pas, nous nous chargeons des médicaments, de la veiller, de tout.

Ces services n'étaient évidemment pas gratuits, mais il s'en foutait, il gagnait très bien sa vie et ne dépensait presque rien, n'ayant aucun vice ni goût pour la vie mondaine. Sa maison était immense ; c'était une demeure bourgeoise traditionnelle du début du siècle, on pouvait y vivre à plusieurs sans se croiser.

1. Cuisinier de bord

La journée se passa normalement, le travail l'occupa et en rentrant, il avait presque oublié la jeune fille. Il fut étonné de voir des gens chez lui et faillit leur demander ce qu'ils faisaient là. À l'infirmière qui était devant lui il demanda comment allait la demoiselle.

– Mal. C'est normal, il faut qu'elle purge la drogue qu'elle a dans le sang et dans la tête. Elle est en manque. On l'a un peu aidée avec du substitut mélangé d'un peu de morphine. Mais elle est courageuse et désire s'en sortir. Elle a demandé à vous voir dès que vous arriveriez.

– Moi ?

Il n'avait pas compris que la jeune fille était étonnée de se trouver dans une maison inconnue.

– Je peux ?

Avait-il demandé timidement en entrant dans la pièce.

– Vous êtes chez vous.

En fait il n'entrait jamais dans cette chambre.

Elle avait meilleure mine et avait lavé ses cheveux, signe qu'elle allait mieux. Même si un pansement cachait toujours une joue éclatée et un œil au beurre noir, l'autre, celui qui était intact était d'un bleu clair presque transparent. Et c'est de cet œil qui le regardait avec étonnement, que lui, le cuisinier qui ne s'était jamais intéressé qu'à la cuisine jusque-là, était tombé amoureux. Peu importait qu'elle eût des trous dans les veines du bras. L'œil au beurre noir, les bleus, la joue abîmée, il s'en foutait, il ne voyait que ce regard léger et profond à la fois. Il était tombé amoureux comme certains entrent en religion. Plus rien n'existait. Les lèvres traumatisées de la jeune fille avaient esquissé un sourire.

– Alors c'est vous qui m'avez recueillie. Pourquoi avez-vous fait cela ?

Bien entendu il n'avait pas pu répondre. Elle dit :

– Je m'appelle Gina.

Gina, oui, et même si cela allait lui attirer tous les ennuis de la terre, il l'aimerait pour toujours. Sur ces deux points au moins, il ne s'était pas trompé.

Avec les spécialistes, ils réussirent à la sevrer ; elle fut très courageuse. Petit à petit elle retrouva l'appétit et fut même capable de trouver du plaisir à manger. Faut dire qu'elle avait à demeure un grand cuisinier. Pour elle, il se surpassa. Dès qu'il n'était pas au restaurant, il remettait son tablier pour inventer des plats que plus jamais il ne réalisa.

Elle se rétablit, oui, mais elle portait en elle une malédiction qui allait signer leur destin à tous deux. Arrivé à cet endroit de son récit, le cuistot ouvrit une bouteille de vin ; nous trinquâmes et restâmes un long moment à écouter la mer. Puis, en soupirant il continua son récit.

– Cette jeune fille me troublait terriblement.

Elle lui avoua que c'était dans son histoire que résidait le poison. Un passé trouble, effrayant, terrible par lequel il allait être aspiré pour toujours. Elle le mit en garde.

– Tu sais, je suis maudite, tu ne pourras pas me sauver.

Il ne put la croire, et pourtant…

Elle resta chez lui, jusqu'à ce que l'homme pâle la retrouve.

L'homme pâle !

– Maudit soit-il !

Gina était fille d'enseignants, elle avait eu un début de vie heureux, normal. Enfant unique, ses parents l'avaient couverte d'amour. La famille vivait à Dijon dans un pavillon d'une zone où la petite bourgeoisie était installée depuis longtemps. Il ne se passait jamais rien, c'était une vie paisible faite de joies et de mini-drames. À sa majorité, Gina avait décidé de devenir vétérinaire ; elle adorait les animaux. C'est à l'école nationale d'Alfort, Paris Est, qu'elle rencontra un garçon, Guillaume. Il était très beau, ils tombèrent tout naturellement amoureux. Lui, vivait dans la capitale avec son père, sa mère étant décédée dans un accident de voiture. Les choses entre eux allèrent si bien qu'ils décidèrent d'officialiser leur union. Gina demanda à Guillaume de venir passer un week-end à Dijon chez ses parents, pour le leur présenter. Le séjour fut parfait, ceux-ci adorèrent le jeune homme. Le père de Gina emmena même Guillaume pêcher, le dimanche. Ils partagèrent le plaisir de se retrouver entre hommes autour de cannes à pêche. Quand ils rentrèrent, crottés, trempés mais heureux, ils étaient devenus de la même famille. La mère de Gina et la jeune femme étaient ravies.

Le lundi matin, Guillaume l'informa que son père désirait également la connaître.

– Il nous invite à manger ce soir à la maison.

Elle était satisfaite, tout allait bien.

Guillaume ne s'était pas beaucoup confié sur sa famille, elle était donc contente de pénétrer dans son intimité. Elle n'eut pas le temps après les cours, de rentrer se changer comme elle l'aurait voulu. Guillaume la rassura.

– Tu es très bien ainsi.

Quand ils arrivèrent devant chez lui, Gina se demanda si elle ne rêvait pas. C'était un hôtel particulier dans le XXe de Paris. Un arrondissement de la capitale où elle n'avait jamais mis les pieds. Ils ne passèrent pas par la grille imposante aux pointes dorées. Sur le côté, une porte plus modeste donnait accès au jardin à la française, taillé impeccablement. On n'apercevait que par intermittence, la maison, cachée par d'immenses arbres. Une fois passée la barrière de verdure, on avait une vue d'ensemble sur la bâtisse de quatre étages qui finissait par un toit décoré de quatre chiens-assis. Toutes les ouvertures du premier se terminaient par un petit balcon, le rez-de-chaussée, austère, avait une ancienne baie vitrée en bois, de chaque côté.

– C'est là que tu vis ?

Elle imaginait que son père était le jardinier ou le régisseur, mais Guillaume hocha la tête.

– Oui.

– C'est incroyable de vivre dans ce cadre. C'est super !

– Détrompe-toi c'est sinistre ! Trop grand pour mon père et moi, même en comptant le chauffeur, la cuisinière et les deux bonnes.

Elle n'en revenait pas.

– Tu te moques de moi ? Tu es châtelain ?

– Encore une fois, ne te fais pas d'idées, ce n'est pas drôle. Je préfère ton studio !

Impressionnée, elle le regarda.

– Mais… pourquoi ne m'as-tu rien dit ?

– Ça ne change rien.

Arrivé à l'énorme porte de chêne, il sonna comme un visiteur. C'est un majordome d'une cinquantaine d'années qui ouvrit, raide comme un piquet, le visage impassible. Il écouta, figé, Guillaume présenter Gina, puis il s'inclina sèchement devant elle et dit :

– Bienvenue chez le comte Pizzani, mademoiselle.

Comte !

Le hall qui les accueillait était immense et donnait sur deux escaliers monumentaux qui partaient de chaque côté pour aboutir à l'étage. Un lustre de cristal descendait du plafond pour éclairer discrètement l'antichambre. À droite et à gauche, de grandes portes occultaient les pièces aux baies vitrées. Gina se demanda quelles fonctions elles avaient. Bibliothèque ? Bureau ? Salle à manger ?

Le mur de droite était en partie occupé par l'immense portrait d'un homme. La peinture à l'huile, d'une facture ancienne, montrait le personnage debout devant une bibliothèque, la main sur un livre, le regard noir, braqué droit sur le spectateur. Son visage très blanc ressortait dans le clair-obscur de la salle d'une façon étrange. Il se dégageait du tableau quelque mal ancien et terrible.

Guillaume lui glissa :

– Mon père.

La jeune fille frissonna, l'homme semblait malfaisant.

– Monsieur votre père vous attend dans son bureau, il m'a demandé de vous introduire immédiatement dès votre arrivée.

Le serviteur débarrassa la jeune fille de son manteau et de son sac, puis son maître. Il revint rapidement d'une démarche sautillante.

– Veuillez me suivre.

Guillaume eut un sourire signifiant « Ne t'en fais pas, je suis là ! ». Il lui céda galamment la place. Elle comprit alors d'où venait cette classe innée que le jeune homme dégageait en permanence, c'était simplement la bonne éducation de son milieu.

L'un derrière l'autre, ils montèrent l'escalier jusqu'au hall qui desservait plusieurs pièces. Le majordome se dirigea vers l'ouverture de gauche. Il toqua. Après un long moment, où ils attendirent figés, une voix caverneuse les invita à entrer. Le maître d'hôtel leur tint la porte ouverte, puis la referma sans bruit dans leur dos. Gina s'était arrêtée pour observer l'immense pièce carrée. Les murs étaient entièrement couverts de livres. Çà et là des échelles à différentes hauteurs, ponctuaient les étagères. On imaginait très bien qu'elles étaient disposées là pour attraper des volumes rares situés hors de portée. Le bureau derrière lequel l'homme se trouvait était installé bizarrement dans la pièce ; en biais. L'homme pouvait ainsi observer à la fois ce qui se passait devant la maison par la fenêtre, ainsi que les nouveaux arrivants.

– Entrez, les enfants ! Gina, c'est ainsi que vous vous appelez, n'est-ce pas ?

Le maître de maison s'était levé et l'observait attentivement. Un petit homme mince avec une large face, très pâle et des yeux noirs, comme des billes sombres. Manifestement il était impressionné par sa venue car dès qu'il put voir sa figure, il sembla tituber.

– Mais…

Elle ne comprit pas ce qu'il maugréait, il se reprit immédiatement. Il était nerveux. On avait le sentiment que c'était quelqu'un qui ne manifestait jamais d'émotion et pourtant, là… Mais il se secoua.

– Ne soyez pas impressionnée par tout ça…

Sa voix avait également dérapé, elle était partie vers les aigus. Il se racla la gorge, puis d'un geste vague il montra les bibliothèques qui couvraient les murs du sol au plafond.

– Les bouquins, je n'en ai jamais lu aucun. Quand j'ai acheté cette bicoque, ils étaient déjà là et le décorateur m'a conseillé de les y laisser. Ça faisait plus sérieux et ça impressionnait mes visiteurs.

Sur la droite, en face du bureau, un chevalet immense soutenait un tableau recouvert d'une étoffe noire en velours. Elle ne savait pas pourquoi mais les regards du comte allaient du tableau à elle. Cela l'intrigua forcément !

L'homme, ayant retrouvé sa voix posée, affirmait.

– D'ailleurs, je déteste lire, c'est une perte totale de temps.

La pièce était plongée dans l'ombre, l'un des deux lourds rideaux occultait la moitié de la fenêtre. Ce qui frappait en arrivant, c'était la tache claire que faisait le visage du propriétaire du lieu. Au fur et à mesure que Gina se rapprochait, elle ralentissait, comme si un danger terrible se trouvait maintenant au centre de la pièce. Il l'observait toujours avec obstination, comme s'il recherchait en elle quelque chose d'ancien et qui le concernait.

– Mais vous êtes ravissante, mon enfant !

L'homme la détaillait de haut en bas et elle fut contente de ne pas avoir mis sa minijupe ; Guillaume avait raison, elle était très bien en large pantalon dissimulant ses formes. Le maître de maison s'approcha d'elle et lui prit la main, elle frissonna de dégoût. Pendant qu'il la tenait ainsi, il caressa subrepticement l'intérieur de la paume, elle se sentit mal. Elle faillit fuir en courant ; elle aurait dû. Pourtant le châtelain était finalement d'un abord assez quelconque, mais elle éprouva immédiatement une grande répulsion à son contact. C'était une araignée, enfin, l'idée qu'elle se faisait petite des vilaines araignées. Évidemment, il y avait son visage pâle. On aurait pu penser qu'il s'était vidé de son sang. On ne percevait que son regard noir, brûlant.

– Dites-moi, alors… vous fréquentez mon garçon ?

Elle avait la gorge serrée et ne sut que répondre.

– Mais je vous impressionne ? Vous avez tort, je suis votre meilleur ami.

Un combiné émit un discret bip-bip.

– Excusez-moi, c'est un coup de téléphone que j'attendais, je dois répondre.

Il se détourna du couple.

– Rendez-vous à la salle à manger, j'ai commandé du poisson. J'espère que vous aimez cela mademoiselle ?

Elle hocha la tête.

– Bien, Guillaume, tu sais où c'est.

Ils sortirent du bureau comme d'une tombe. Elle l'entendit répondre au téléphone.

– Allô !

La voix avait changé. Elle était dure, sans nuance, sans concession. Elle chuchota.

– Guillaume ? Qu'y a-t-il sur le tableau, sous le rideau noir ?

Il grimaça un sourire, gêné.

– Ma mère. Un portrait de ma mère. Il interdit qu'on le découvre.

– Pourquoi ?

– Je ne sais pas. Il lui voue un culte terrible. Je n'ai pas le droit d'avoir une seule photo et je ne dois jamais en parler.

Elle le regarda avec commisération.

– Tu ne dois jamais en parler ?

– Non.

Ébranlée, elle se dit que décidément, elle n'aimait pas cet homme et qu'elle ferait tout pour l'éviter. Ils descendirent au rez-de-chaussée, où la salle à manger était installée dans l'aile gauche de l'hôtel particulier. Le couvert était mis pour quatre personnes avec, en bout de table, une assiette.

Ils entendirent le maître d'hôtel libérer le passage et, peu après, des voix. La porte de la salle à manger s'ouvrit et le comte à la face blanche entra, suivie d'un homme maigre et encore plus petit, qui se tenait courbé comme s'il était en perpétuelle salutation déférente.

Le père de Guillaume le présenta simplement comme : « Le comptable ! »

Il se mit à côté de celui-ci et on ne l'entendit plus de tout le repas ; il but et mangea comme si une famine le guettait. Gina n'était pas à l'aise. Entre le maître d'hôtel et la bonne, une jeune fille, assez jolie, remplissait les assiettes avec une dextérité digne d'un prestidigitateur. Entre le discours monolithe du maître de maison, son regard lourd sur elle, le silence de Guillaume et le comptable qui s'empiffrait, elle était glacée. Quand ils sortirent enfin, elle n'en pouvait plus, elle avait envie de hurler et malgré le désir de Guillaume de parler avec elle, le seul besoin qui la taraudait était d'être enfin seule. Elle s'aperçut alors qu'elle n'était plus amoureuse du jeune homme. L'amour qu'elle avait pour lui avait fondu comme neige au soleil. Bouleversée par cette révélation, elle voulut rentrer à pied. L'amour était-il donc aussi volatil ?

Elle se balada boulevard Saint-Germain, se mêlant à la foule qui déambulait tranquillement. Elle laissa ses pensées venir à elle ; des images lui revenaient de cette soirée. Elle ressentait une certaine angoisse indéfinissable, comme un danger qui avançait, masqué. Guillaume l'avait déçue. C'était comme si le mystère qui l'entourait et qui l'avait séduite s'était maintenant envolé. Comme elle était honnête, elle s'en voulut de son inconstance, de sa légèreté, mais, ce soir-là, elle n'avait pas la force d'envisager sa vie avec lui.

Le téléphone sonna le lendemain vers sept heures, elle était déjà prête pour la fac. C'était Guillaume.

– Gina, je ne pourrai pas venir en cours ce matin, je pars demain pour New York, mon père…

Il lui avait demandé de s'occuper d'une affaire urgente qu'il était le seul à gérer. Gina, qui avait l'intention de lui parler, repoussa la discussion à son retour.

– Tu reviens quand ?

– Dans pas longtemps. Gina, euh… mon père voudrait s'entretenir avec toi, il m'a demandé ton adresse… j'ai été obligé de la lui donner, tu vas recevoir un coup de fil.

La jeune fille sentit une épée de glace dans les reins. Qu'est-ce que ça voulait dire ? Elle ne souhaitait plus voir cette créature !

Pourtant il s'était arrangé pour la contraindre…

Un homme l'attendait devant le passage, la grosse limousine ronronnait. Le chauffeur, un nervi au visage de boxeur, nez écrasé, oreilles en chou-fleur, lui ouvrit la porte. Il portait un costume noir et une casquette.

– Le comte est dans la voiture, il aimerait vous parler.

Le ton était ferme. Elle ne pouvait pas se dérober, incapable de fournir un prétexte. L'homme à la pâle figure la contempla une seconde.

– Je vous accompagne à vos cours.

Le ton était tellement directif qu'elle n'osa pas décliner. Manifestement, il connaissait l'adresse.

– Je veux vous parler de Guillaume.

La voiture démarra. Il lui proposa un café qu'elle refusa ; elle ne prenait jamais de ce breuvage qui l'indisposait. Il lui offrit un thé, qu'elle accepta ; la trouvant un peu faible, il rajouta dans l'eau un « petit remontant à base de plante ».

– Tout à fait inoffensif !

La voiture était équipée d'une vraie cuisine. Le thé était bon, elle était jeune et naïve, elle ne se sentit pas s'évanouir.

Son sommeil fut très réparateur. Elle se réveilla en pleine forme, mais quand elle ouvrit les yeux, elle ne reconnut pas sa chambre. Elle comprit assez vite qu'elle se trouvait dans la maison du père de Guillaume. Il y avait un miroir devant le lit et c'est ainsi qu'elle s'aperçut qu'on l'avait changée ; elle portait une grande robe d'organdi blanche. Qui avait fait cette mise en scène ? Elle regarda sa montre : dix-sept heures ! Elle sauta du lit, persuadée qu'il l'avait droguée. Elle chercha à ouvrir la porte, mais celle-ci était verrouillée. Elle essaya les fenêtres, mais elles étaient closes aussi. Elle paniqua, cria, pleura, mais rien ni personne ne bougea. Persuadée que quelqu'un allait finir par ouvrir la porte, à un moment ou à un autre, elle prit son mal en patience, attrapa un bouquin au hasard, pioché dans la petite bibliothèque murale. Vers vingt heures la porte s'ouvrit sur le maître d'hôtel.

– Monsieur le comte vous attend pour le repas du soir.

Elle protesta contre son incarcération forcée, mais l'individu se contenta de lui ouvrir la porte avec un sourire de circonstance. L'homme à la figure pâle l'attendait dans la salle à manger. Il avait fait installer une petite table devant la cheminée monumentale dans laquelle flambait une souche. Sur le côté, face à la place qu'elle devait occuper, le chevalet trônait, avec son drap noir.

– Vous savez ma petite Gina, j'ai depuis longtemps décidé que les choses seraient tenues de plier devant ma volonté. Si je vous ai enlevée, c'est que vous faites partie intégrante de mon désir, et rien de ce que vous pourrez faire ne pourra le changer. Autant en prendre votre parti.

Il portait une robe de chambre rouge sang et son visage n'en paraissait que plus blanc. Il lui approcha la chauffeuse pour la faire asseoir, mais elle refusa. Elle cria, tempêta tant et si bien qu'il la saisit de force et l'installa sur la chaise. Son ton changea, il la tutoya.

– Il faut que je t'explique, je désire que tu comprennes bien mes motivations. Regarde.

Théâtralement, il découvrit le tableau. Il représentait une femme en tenue de cavalière, avec sa cravache et son chapeau un peu passé de mode. Elle était nonchalamment appuyée contre une barrière ; au loin, on voyait un château. Le peintre était habile, mais le portrait sentait un peu la commande. La surprise venait de son visage. Il était évident que la femme sur la toile était Gina. Certes, elle n'avait pas la même coupe de cheveux, en revanche la forme du visage, les sourcils, les yeux était bien ceux de la jeune fille.

– Eh oui, ça produit un choc. Ma femme m'a quitté voici presque dix-huit ans et je savais qu'un jour je la récupérerais.

Je te retrouverais. Le fait que demain soit l'anniversaire de notre mariage, mon amour, rend la coïncidence impossible. Et c'est mon fils qui m'a offert ce cadeau.

Il arrêta d'un geste l'indignation de la jeune fille.

– Oh, il ne sait rien de tout cela. Il n'a même jamais vu ce tableau. Il est en Oklahoma, occupé à résoudre un embrouillamini dont il ne sortira jamais. Non, il restera pour toujours en Amérique et épousera une blonde aux joues pleines, nourrie au bon maïs de ces plaines tristes et il aura plein d'enfants et le dimanche il fera un barbecue, et invitera les voisins, sur sa pelouse qu'il tondra régulièrement.

Il sourit, cynique.

– Ou plutôt qu'il fera tondre avec l'argent qu'il amassera. Certes il lui arrivera bien de temps en temps de penser à toi, mais cela aussi s'estompera. Ne t'inquiète pas pour lui, il sera heureux.

Elle restait figée par ce qu'il lui susurrait à l'oreille et par la ressemblance incroyable du tableau. Il lui mit dans la main un verre de champagne ; machinalement elle but un peu du breuvage qu'elle trouva amer. Face à ce regard machiavélique et au sourire vicieux, elle comprit qu'il l'avait encore droguée.

La suite, ce qu'elle vécut dans cet hôtel particulier, resta pour Gina un peu flou et douloureux. Elle ne put jamais retrouver entièrement sa conscience. Tous les matins, le chauffeur la droguait, lui enlevant ainsi toute velléité de résistance. Mais elle se souvenait tout de même que l'homme l'avait violée. Dès le lendemain, comme dans une mise en scène de cinéma, il l'avait habillée de la tenue un peu ridicule d'amazone que sa femme portait sur le tableau et l'avait déflorée ainsi. Depuis, il la rejoignait tous les soirs et exigeait d'elle, chaque fois, un peu plus d'initiative et d'inventivité. Elle détestait cela, mais, pour se débarrasser du désir bestial de l'homme, elle était devenue jour après jour, experte à le faire jouir rapidement. Quelquefois, il lui permettait de sortir, avec le chauffeur. Quand elle n'était pas entièrement dans le schwartz ! Ils se baladaient ensemble, dans la limousine, l'homme semblait l'apprécier, il lui achetait des chocolats, des bonbons. Un jour, par un hasard extraordinaire, il passa devant le petit appartement qu'elle occupait vers Châtelet. Elle aperçut sa mère qui entrait dans l'immeuble. Sans nouvelles de sa fille, elle venait vérifier que tout allait bien. Ils étaient à l'arrêt ; sans réfléchir une seconde, Gina ouvrit la vitre et se glissa prestement dehors en glissant le long de la portière. Celles-ci, elle le savait, étaient verrouillées. Elle courut de toutes ses forces pour rejoindre l'immeuble bourgeois. Une voiture freina pour l'éviter et son conducteur, furieux, klaxonna longuement en la traitant de tous les noms. Essoufflée – elle avait en quelques semaines perdu beaucoup de sa tonicité –, elle gravit quatre à quatre les marches. La porte se referma ; elle cria :

– Maman !

Et tomba dans les bras de son père. Sa mère était encore habillée, figée par la surprise.

– Mais qu'est-ce qu'il t'est arrivé, ou étais-tu passée ? On a averti la police !

Elle venait de voir le visage émacié de sa fille.

– Mon Dieu !

La jeune fille ne pouvait s'empêcher de pleurer, elle n'arrivait pas à s'expliquer. Sa mère l'avait prise dans ses bras et la berçait comme si elle était redevenue un bébé. Le père était inquiet et, furieux, il tournait autour d'elles. Tout à coup la porte d'entrée sauta littéralement, le chauffeur entra dans le petit studio ; le père, trouvant enfin un opposant, se leva de toute sa hauteur pour impressionner l'adversaire.

– Monsieur, je…

Il n'eut pas le temps de continuer ; le chauffeur lui tira dessus en plein visage avec son Glock. Puis, presque dans la foulée, il fit un trou dans le front de la mère. Un professionnel. Gina hurla, le sang de sa mère giclait sur elle.

Le chauffeur l'assomma alors d'un coup de crosse violent sur la tempe.

Le soir, le comte lui dit.

– Et voilà, maintenant tu es vraiment seule avec moi. Ne tente plus rien, tu as vu ce que cela coûte aux innocents, et tout cela par ta faute !

Et le chauffeur lui donna une double dose d'héroïne pour la calmer. Elle dormit deux jours entiers.

Quand elle se réveilla, malgré la dope, elle était fermement décidée à s'enfuir. Pendant son coma, ils avaient déménagé, elle ne le sut que plus tard, mais la chambre où elle se trouvait était située dans la capitale anglaise. Voir ses parents mourir aussi cruellement avait annihilé toute peur en elle. Elle l'attendit que le chauffeur entre dans la chambre pour lui faire sa piqûre, le gros cendrier qui ornait son guéridon à la main. Il pénétra sans se méfier. Elle abattit sans état d'âme, son arme improvisée sur le crâne de l'ancien boxeur. Il s'écroula d'un coup, un mur qui s'effondre ! Rapidement, elle souleva la manche de l'homme et lui injecta la piqûre qui lui était destinée. Elle se glissa hors de la chambre, libre de ses mouvements. Elle avait récupéré un pantalon et un polo qu'elle avait cachés sous son lit, à l'abri de l'œil perspicace de la bonne. Elle se sentait bien, elle avait conscience que cela ne durerait pas, qu'elle subirait inévitablement le manque. Une belle journée ! Elle savait où le jardiner mettait son vélomoteur. Elle en avait eu un pour ses seize ans, elle connaissait son maniement. Mais quand elle se glissa dehors, elle ne reconnut pas le grand parc ; en réalité, la grosse maison était située dans une petite rue tranquille. Un bus passa, elle frissonna.

– Londres !

Elle ne pouvait se tromper. Le vélomoteur était posé contre les barreaux. Elle amorça rapidement la pompe, il démarra du premier coup. La grille de bronze n'était pas fermée à clé, elle s'avança et à ce moment-là, entra en collision avec le boxeur. Celui-ci, malgré sa lésion et l'héroïne, avait réussi à sortir. Il avait le crâne à moitié défoncé, du sang coulait de sa blessure, qu'il était obligé de nettoyer d'une main peu affirmée, mais il était encore debout. Il s'était jeté sur elle, du haut des escaliers, juste au moment où elle démarrait. La tête de la jeune fille heurta violemment le sol et son corps frappa la calandre d'une voiture garée là. À moitié assommée, elle réussit tout de même à se mettre à genoux. Mais le chauffeur la tenait encore par un pied, qu'il tira. Surgit une automobile conduite par des jeunes en fin de goguette. Ils avaient passé la nuit à picoler, le plus vieux avait emprunté la voiture de son père. Il vit le couple trop tard, il était totalement ivre. Sous le choc, le boxeur et Gina furent projetés dans les airs. L'homme s'écrasa contre les grilles de la maison tandis que la jeune fille eut la chance de rouler sur le trottoir. Le fils de famille, saoul, paniqué, continua sa route. Elle se releva et courut autant qu'elle le put jusqu'à quelques centaines de mètres plus loin, où elle trouva refuge dans un abri à poubelles.

– Elle y est restée jusqu'à la nuit, puis en est sortie et s'est évanouie devant chez moi. C'est là que je l'ai trouvée et ramenée à la maison.

Gina était jeune et solide, elle se remit très vite, mais elle dormait mal, elle criait dans la nuit. Elle lui dit que l'homme à la pâle figure allait certainement la retrouver, qu'il en avait les moyens. Le jeune cuisinier croyait aux institutions et en la police. Il insista pour qu'elle porte plainte, mais elle refusa obstinément. Et c'est elle qui avait raison. Cela faisait une bonne quinzaine de jours que la jeune fille s'était réfugiée chez lui, quand il reçut la visite de la directrice de l'agence, qui s'occupait de la sevrer de la drogue. C'était une femme d'une cinquantaine d'années, rousse flamboyante.

– Nous avons fait ce que nous avons pu, mon équipe est très professionnelle, et la jeune fille a très bien récupéré, nous sommes confiants.

Il ne comprenait pas la raison de sa visite. Il voyait chaque jour les progrès de sa protégée. Qu'était venue lui dire cette magnifique Irlandaise ?

– Et alors ?

La rouquine semblait embêtée. Manifestement elle ne savait pas comment exprimer les choses, ça avait du mal à passer.

– Nous avons été contactés par un avocat à la recherche d'une adolescente qui ressemble de façon étrange à celle que vous abritez et dont on s'occupe. Il s'agirait d'une Française, une jeune fugueuse, et ses parents la recherchent. Elle serait sous l'emprise de la drogue.

Un frisson avait parcouru l'échine du cuisinier.

– Gina n'est pas mineure et elle a été enlevée…

Elle l'arrêta d'un geste.

– Cela ne nous concerne pas, mais c'est ainsi, nous ne donnons jamais aucun renseignement sur nos clients.

– Et alors ?

Sourire de la femme.

– Nous avons bien entendu parlé du secret professionnel.

– Bon, tout va bien alors ?

Elle secoua la tête d'un air triste.

– Non. Vous avez manifestement mis le doigt dans une machine de guerre. Celui qui tire les ficelles est un homme très puissant. Je viens de recevoir l'injonction d'un juge ; je dois donner les noms, et les adresses de mes clients sous peine de poursuites.

Elle regarda sa montre.

– Vous avez exactement une heure pour évacuer votre jeune amie et pour la mettre à l'abri.

– Mais, mais, mais…

Paniqué, il ne voyait pas du tout comment s'en sortir. Elle lui posa la main sur le bras.

– Ne vous inquiétez pas, nous allons vous aider. Il y a un homme dans ma voiture, avec qui je travaille souvent. Un ancien légionnaire.

Surpris, il avait regardé cette femme élégante, ne l'imaginant pas du tout frayer avec des légionnaires.

– C'est un dur, il ne peut être corrompu. Il est cher, mais c'est la solution. Il va planquer votre amie, personne ne la trouvera. Même moi, même vous, ne saurons pas où elle est. Quand tout sera calmé, quand les tensions seront retombées, il vous téléphonera.

Et c'est de cette manière que Gina disparut de la circulation. Mais l'histoire ne s'arrêta pas ainsi.

Une nuit, alors qu'il rentrait chez lui, deux hommes enlevèrent le gentleman cuisinier. Il se retrouva dans une voiture, la fameuse limousine. Il rencontra le comte. Celui-ci ne lui parla pas de Gina. Il lui dit simplement qu'il n'aimait pas que l'on se mette en travers de sa route. Le cuisinier était à genoux, les mains entravées. Il ne voyait de l'homme que son pantalon, conçu dans une étoffe de choix.

– Je vais te blacklister pour toute ta vie, tu ne pourras plus travailler. Je sais que tu ne détiens pas les renseignements que je cherche, mais tu t'es opposé à moi, tu en paieras les conséquences.

Puis il fut jeté dehors en pleine rue.

Le jour même, la promesse de l'homme se vérifia ; le conseil d'administration de la chaîne où il travaillait le remercia. Ses membres lui précisèrent qu'il n'aurait de place dans aucun de leurs palaces et qu'ils ne lui donneraient pas de lettre de référence positive.

– J'ai compris que l'homme à la face blême n'allait pas me lâcher de sitôt, qu'il n'y aurait pour moi aucun répit.

Et c'est ainsi que je me suis retrouvé à travailler sur ce cargo.

Une histoire bien triste.

– Mais je ne suis pas malheureux ; ici, je continue à faire la cuisine !

– Et tu n'as jamais revu Gina ?

Le cuisinier secoue la tête et éluda.

– Non, jamais.

Nous restâmes un moment silencieux.

– Quelle étrange histoire !

Mon ami était aussi scotché que moi.

– C'est vrai. Incroyable !

– Quel enfoiré, ce comte ! Un malfaisant comme je n'en ai jamais connu.

Puis Steve me regarda.

– Je ne sais pas ce que j'aurais fait à sa place !

Moi non plus, je me sentis triste tout à coup.

– Le destin… ce qui nous meut. Il faudrait à ce propos que je réfléchisse un peu à ma mère et à ce que je vais lui dire quand je la retrouverai.

Dès que nous étions montés à bord, Steve avait demandé à tout l'équipage s'ils avaient remarqué deux femmes qui se baladaient seules dans les derniers voyages.

– Une vahiné longiligne d'environ un mètre soixante-dix, avec un tatouage de scorpion sur le dos de la main, accompagnée d'une femme encore plus grande, avec une mèche blanche sur le devant.

L'oncle lui avait décrit minutieusement la kidnappeuse. Car, dans l'esprit de mon ami ainsi que dans celui de son père, il n'y avait absolument aucun doute, c'était l'autre femme qui avait entraîné la mère d'Ahutoru. Un moussaillon se souvenait.

– Oui, ça me dit vaguement quelque chose en effet, elles ont voyagé sur le bateau.

– Elles semblaient proches ?

Mais il ne se souvenait que de les avoir croisées.

– Faut dire qu'il y a eu beaucoup de monde la semaine dernière. Une situation comme celle d'aujourd'hui est réellement exceptionnelle ! En général, le bateau est toujours plein, c'est extrêmement rare que nous voyagions à vide. Les deux dortoirs, hommes et femmes, les cabines et même le pont, sont toujours surpeuplés, alors non, je ne me souviens plus.

L'étudiant se rappelait vaguement la description de la grande nana à mèche blanche, mais…

– Je n'y ai pas réellement prêté attention, elle avait pris une cabine et n'est pratiquement pas sortie de toute la traversée, même pas pour manger. Elles sont montées à Papeete, oui, mais où elles sont descendues…

Le chef mécano n'avait pas fait attention ; le cuistot, lui se souvenait de cette femme, car elle avait demandé à être servie sur un plateau qu'elle emportait elle-même dans la cabine.

– Pour deux personnes ! Elle prétendait que son amie était malade, qu'elles ne voulaient pas sortir de leur compartiment. C'était une belle femme… mais un peu spéciale.

Spéciale ? Je ne pus que lui demander de la détailler. Il prit un air gêné, comme s'il allait sortir un gros mot et ne voulut rien préciser.

Le vieil Américain nous demanda.

– Nous restons à quai quelques heures, vous ne désirez pas descendre à terre ?

– Qu'y a-t-il à faire ?

L'île paraissait minuscule, nous pensions en faire le tour en un rien de temps.

– Eh bien, comme tous les dimanches en Polynésie, nous allons à la messe. C'est ma femme qui m'oblige ; ici, on doit faire partie d'une paroisse. Catholiques, protestants, mormons, plus toutes les sectes du monde… sauf les musulmans, c'est mal vu. Faut dire qu'il n'y en a pas beaucoup !

Il réfléchit une seconde et ajouta :

– Ouais, c'est un peu comme aux USA. Peu importe votre confession, il faut être rattaché à une Église. C'est un signe d'intégration, signe que vous faites partie d'un quartier, d'une commune, d'un pays !

Il nous pressa.

– Si vous n'avez jamais vu une messe polynésienne, je vous conseille vraiment d'y assister. C'est coloré, joyeux, je vous conseille d'aller voir ça. Il peut tout arriver, d'ailleurs, ça me rappelle une messe à laquelle j'ai assisté dans une autre île des Tuamotu,

Il traînait dans les îles quand il avait entendu parler d'un curé particulier, un compatriote ; il avait été intrigué.

– C'était il y a bien longtemps, le curé réalisait un prodige par seconde, comme au Moyen Âge. Des miracles.

Je n'en revenais pas.

– Des miracles ?

Il rigola.

– Tu vas voir ! C'était un vrai chaman. Il était, paraît-il, en constante relation avec Jésus-Christ et Marie ! Il avait par le passé été lui-même sauvé par le Christ. L'Esprit Saint était passé sur lui. Aveugle, il avait retrouvé la vue après qu'un prêtre lui avait fait une imposition des mains.

L'homme nous expliqua que cela s'était passé aux États-Unis.

– Le voile qui obscurcissait ses yeux s'était déchiré comme un rideau qui se serait levé.

Dans l'atoll des Tuamotu en question, l'église était un hangar ; il était plein comme un œuf. Le popa'a père portait une soutane immaculée incroyable, ornée de broderies délicates. Il était grand, maigre et soulignait ses propos de gestes amples, élégants, peut-être un peu ridicules. Le spectacle autour de lui était réellement impressionnant.

Les gens de l'île s'étaient mis sur leur trente-et-un. Les hommes avec des chemises propres, blanches ou à fleurs, et les femmes, faisant assaut d'élégance avec des robes fleuries. Elles avaient des couronnes de fleurs polychromes ; ça sentait des parfums mélangés où le tiaré dominait, dans tout le hangar. Devant l'autel, on avait disposé huit nouveau-nés, prétendument malades ; des lettres, expliquant la maladie de chacun, avaient été rédigées et posées sur les petits lits. Après les bébés, il y eut les paralytiques qui espéraient. Il en compta une dizaine. Ensuite il y eut les scrofuleux et les galeux. Les femmes et les hommes en bonne santé étaient tout au fond. L'Amerloque pensait que les gens étaient venus de partout alentour, d'autres îles et même d'autres archipels, pour assister aux miracles. Une chorale de jeunes filles, toutes vêtues de blanc, entonna un chant religieux. C'était entraînant.

Puis le silence est revenu et le prêtre a alors entamé son homélie. Il possédait une voix grave, puissante, qui n'avait pas besoin de micro, et parlait un français étrange, entre l'américain et le polynésien. Quand les gens commentaient un de ses propos et que cela créait un brouhaha, il s'interrompait puis attendait que tout se calme pour reprendre.

– Il y a ce soir une pluie de grâces que le Seigneur tout-puissant nous envoie.

Alors, il lança réellement les guérisons miraculeuses. Il le faisait vraiment ! Il commença par les bébés qui lui étaient amenés par les mamans inquiètes. Quelle était leur maladie ? Mystère et boule de gomme ! Quelques-uns chouinèrent un peu, mais dans l'ensemble ils semblaient participer à la messe. Ils regardaient autour d'eux, impressionnés. L'homme, rapidement, faisait un signe de croix sur la tête de l'enfant puis embrassait la mère sur le front.

– Tu peux aller, ton bébé est guéri !

La foule reprit en chœur.

– Alléluia !

Pour certaines femmes, tout cela, c'était bien trop d'émotions et elles regagnèrent leur place dans les travées en pleurant à chaudes larmes. La famille les prenait dans les bras, leur tapait sur la tête, dans le dos, pour les réconforter.

Vint ensuite le tour des paralytiques.

– Essaie, c'est Jésus qui t'aide. Pense à lui, pense à ses plaies, à son supplice !

Alors le grand malade trembla, sua, et finalement réussit, on ne sut comment, à se lever. La foule hurla, les gens applaudirent.

L'opération se répéta, une, deux, trois fois. Parfois, ça ne marchait pas, l'homme avait beau faire des efforts considérables, rien ne bougeait. Alors le prêtre engueulait carrément le patient.

– Tu ne crois pas assez en Dieu, tu n'as pas confiance, je ne peux rien pour toi ! Tu as encore le Malin en toi.

En plus, il le culpabilisait ! Le temps passa, les guérisons succédèrent aux « résurrections », ce fut long.

L'Américain rit.

– Trois heures de miracles, ça usait un peu les nerfs. Je me retenais de bâiller car je m'étais levé très tôt. À chaque série de guérisons, le chœur des chastes nous offrait un chant virginal. Enfin, le dernier miracle est intervenu sur un homme énorme dans tous les sens, il était grand, et gros, même phénoménal. D'après le prêtre et lui, il était atteint d'un vilain cancer de la tête.

Un cancer de la tête !

– C'est le diable qui est entré par une oreille, il est bien là, tapi, il ne veut pas partir ! Et il ronge l'intérieur du crâne de cet homme !

L'homme, à genoux devant l'autel, se prit le crâne et se balança ainsi de droite, de gauche. Il ressemblait à une grosse baleine échouée là, devant la sacristie, comme sur un banc de sable.

– Et maintenant Dieu va intervenir !

L'américain se concentrait, il ne voulait louper ça sous aucun prétexte ; voir le diable en personne être extirpé de la tête d'un type ! L'officiant posa ses mains sur son énorme crâne, l'homme arrêta ses balancements.

– Oui, maintenant !

Le prêtre marmonna des paroles incompréhensibles, puis, au bout d'un long moment, d'un geste violent, il leva les bras au ciel.

– Maintenant ! Dieu des ténèbres, rentre sous terre, chez toi !

La foule poussa un grand « Ho » ! Puis le prêtre s'écria :

– Alléluia !

– Alléluia ! répéta l'assistance.

– Jésus qui est en croix est miséricordieux !

L'homme de Dieu se releva alors, sourit et annonça d'une voix claire.

– Le cancer est enfin parti, chassé par la peur et l'action divine. Louons le seigneur ! Alléluia !

La foule en cœur et avec passion…

– Alléluia !

Ce cri d'amour fit vibrer le hangar, au point que j'ai eu peur qu'il ne s'effondre. La chorale entonna un chant mélodieux, moitié en tahitien, moitié en français.

– … Plus près de toi, Seigneur…

Et les enfants de chœur, dans un ballet bien réglé, passèrent un petit panier avec de longues perches, pour atteindre jusqu'aux derniers de la rangée. Il laissa cinq dollars, seule monnaie en sa possession. Il allait se marrer, le prêtre, de trouver du fric de son pays !

Puis la foule s'écoula doucement et avec discipline vers les grandes portes maintenant ouvertes. On laissa passer tout d'abord ceux sur qui le miracle n'avait pas fonctionné Ils sortirent les yeux baissés, honteux sans doute de montrer à la communauté leur manque de foi. Au-dehors, ils disparurent vite, tandis que les vrais miraculés attiraient autour d'eux un attroupement sympathique et joyeux. Le vieil homme nous sourit tristement.

– Et c'est ainsi que j'ai rencontré un vrai homme de Dieu capable de créer des miracles ! C'est une histoire qui m'a marqué plus que ce que je croyais ; les hommes sont quelquefois crédules. Ou alors c'est la croyance qui est tout dans l'homme ?

Manifestement, et ainsi que nous l'avait affirmé l'étudiant cultivé, la religion était une donnée importante dans la vie des habitants des archipels. Je me demandais comment c'était, avant l'arrivée des missionnaires. Sur le pont, la cloche sonna pour le repas. Au menu, nous mangeâmes en entrée, un soufflé à la langouste, magnifique ! Puis, encore du poisson, un filet de perroquet à la chair ferme, onctueuse, délicieuse. Le cuisinier avait roulé le poisson dans de la panure après l'avoir passé dans de l'œuf où il avait ciselé du basilic et haché de l'ail. Avec un jus de citron vert sur la robe dorée, c'était parfait. À côté, une salade d'épinards, avec pamplemousse, avocat. Léger et savoureux. En dessert, un méli-mélo de mangues avec de petits morceaux de fruits que je ne connaissais pas. Le tout arrosé d'un vin local, le « Blanc de Corail ». Le cuisinier était venu lui-même nous le servir.

– Cépage muscat de Hambourg, Italia, Carignan. Il est élevé sur l'atoll de Rangiroa, dans l'archipel des Tuamotu. Le vigneron arrive, en plein dans la soupe de corail, à produire deux belles vendanges par an !

Ce vin dégageait une odeur très étrange où je crus percevoir l'arôme de la mer. Je goûtai, ah ouais ! Fraîcheur, vivacité et complexité. Je n'avais à ce jour, jamais bu un vin qui pût lui ressembler. C'était très certainement psychologique, mais j'avais senti également une touche minérale corallienne.

Le cuisinier confirma mon jugement.

– Il s'ouvre sur une pointe épicée très présente, avec une arrière-note boisée de tilleul et de verveine.

Remarquable !

Il se prêtait magnifiquement et parfaitement aux produits de la mer !

Je n'avais pas besoin de savoir que nous avions quitté les Tropiques, il commençait à cailler car le soleil avait changé ; il cognait moins, l'air était frais et le bâtiment tanguait ; le roulis était beaucoup plus fort.

Après le repas, un peu saoul, je filai me coucher, je ne voulais pas louper l'arrivée à Rapa. Me glisser dans ma couchette, un peu pété, avec le bateau qui dansait sur l'eau se révéla dangereux, mais finalement, avec un peu de pugnacité, j'y arrivai. Pendant le dîner, la moitié des voyageurs étaient malades, les pauvres. Ce n'est pas drôle d'avoir le mal de mer.

RAPA !

J'eus du mal à prendre conscience que nous étions en voyage depuis si peu de temps, nous avions vécu tant de choses étranges. Il avait simplement fallu que l'on achète deux billets d'avion et deux de bateau pour toucher au but de notre voyage.

En tout cas, c'était l'île où nous devions descendre.

– Nous sommes arrivés !

– Pourvu que je la retrouve !

Steve n'en dit pas plus, il était inquiet. En réalité, nous voyions l'ombre de Rapa vers sept heures, mais nous n'accostions à quai qu'à dix heures, à cause de la dangerosité de la baie nécessitant prudence, attention et expérience. Le temps me sembla bien long, le moteur était au ralenti, nous n'avions jamais senti le capitaine aussi prudent.

Nous arrivions tout de même avec un magnifique soleil. D'après l'étudiant, c'était très singulier car en cette période de l'année, les tempêtes, les coups de vent n'étaient pas rares. Devant nous, se dressaient des montagnes aux pointes qui semblaient coupantes, agressives, hostiles, comme deux éminences acérées, découpées, abruptes l'une derrière l'autre.

Un vrai décor de théâtre.

La mer est noire, elle, était agitée en permanence par des vagues courtes qui venaient frapper la coque du bateau avec hargne. Nous comprîmes alors que la Polynésie aimable était très loin derrière nous. Une barre de récif, difficile d'accès, fermait presque l'entrée. Le capitaine attendit que l'eau soit haute et nous pénétrâmes dans un lagon très profond, sans doute le centre du volcan éteint, la grande anse d'Ahurei. De l'autre côté de la baie, se trouvait Area, le deuxième village de l'île. Pas de cocotiers, mais des arbres presque méditerranéens. Je percevais même des lauriers roses[1] ! L'île semblait creuse en son centre. Nous naviguions avec prudence, la baie était magnifique, dure, sauvage, aucune habitation en vue jusqu'au village.

– C'est là que nous devons descendre, marmonna Steve. Maintenant il nous faut trouver un pêcheur qui nous conduise sur les rochers d'où je viens.

Je m'étonnai : ce n'était pas Rapa ?

– Pourquoi, c'est plus loin ?

J'étais outré, ce fou m'emmenait à *dache* !

---

1. Oléandres

– Eh oui, c'est une île encore plus petite, complètement au Sud.

Je ne dis rien, je pensais que nous étions arrivés, mais finalement l'aventure continuait. Voyant mon désarroi, il me sourit.

– Comme tu le sais je n'y suis jamais allé, car je suis né en France, mais je me suis un peu documenté. Rapa est un ancien volcan dont un des pans s'est effondré ; l'océan a rempli le trou, créant ainsi une mer intérieure.

– Ça caille l'hiver, intervint l'étudiant. Ça peut descendre jusqu'à les 8° et une année, le record, a été de 4°. Le climat est plutôt océanique et subtropical. Mais en ce moment, comme c'est l'été, il fait doux. L'endroit est souvent appelé Rapa Iti, la petite Rapa. C'est pour la distinguer de Rapa Nui, la grande Rapa ou encore l'île de Pâques. Certains ont prétendu qu'il y avait un lien entre elles, mais il est plus probable que l'explication vienne du rapatriement des Pascuans et des Rapanais enlevés par des esclavagistes Péruviens.

Donc, il y avait eu de l'esclavage au Pérou ! Tous les jours je me rendais compte de mon ignorance. J'avais tant à apprendre.

L'étudiant qui nous renseignait aurait dû être guide des îles de l'archipel des Australes, il était drôlement cultivé !

– L'hiver, on se gèle. J'espère que vous…

– Oui, oui nous avons ce qu'il faut.

Nous étions partis avec des vêtements chauds car à Paris, malgré tout, il caillait ferme.

– La population compte un demi-millier d'habitants, elle communique avec reste de la Polynésie uniquement par ce bateau et ce, tous les trois mois !

Alors l'île d'où est issu mon ami était encore moins peuplée ! Steve pensait à ça également car il lui demanda :

– Et l'île de Marotiri ? Tu connais ?

Je répétai ce nom dans ma tête, Marotiri.

Il acquiesça.

– Oui, comme ça. Mais je n'y suis jamais allé ; d'ailleurs, il n'y a aucun moyen de s'y rendre, pas d'avion, pas de bateau. Les gens vivent en complète autarcie. On l'appelle plus communément Cuatro-Coronados, car il y a en fait quatre îles, ou îlots de Bass, sans doute du nom du navigateur Georges Bass qui les aurait découverts vers 1 800. Ce sont les dernières terres émergées des Australes du Sud. Une seule est habitée, la plus grande, si l'on peut dire, appelée Marotiri Nui.

Nous nous regardâmes avec Steve, il hocha la tête.

– C'est là que nous devons aller.

L'étudiant leva les yeux au ciel, peu enthousiaste.

– Non ? Mais il n'y a rien à faire là-bas ! Pour tout vous dire, les habitants ont la réputation d'être très peu accueillants ! Ils n'aiment pas les touristes. Et puis… comment comptez-vous y aller ? Il y a une bonne centaine de kilomètres de Rapa à Marotiri Nui.

Ah oui, Steve n'avait pas pensé à ça. Ça faisait une trotte, mais c'était faisable avec un bon bateau. Enfin, je croyais. J'avais dans une autre vie, pratiqué la voile sur la Méditerranée, un vrai *pescadou* et, bien que les deux mers ne se ressemblent pas du tout, je pensais qu'il était facile de se lancer. Du moins, c'est ce que j'essayais de me dire.

– Il doit bien y avoir des pêcheurs ?

– Quelques-uns, mais je ne connais pas l'état de leurs bateaux ! En attendant, demandez à l'Américain, il est de Rapa, il vous donnera certainement une bonne adresse où dormir et vous sustenter.

Il n'y avait plus beaucoup de monde pour descendre à terre. Pourtant, une dizaine de 4X4 étaient là, bien rangés sur le quai. Je pensais que les îliens devaient faire des commandes en nombre, s'il n'y avait qu'un bateau tous les trois mois !

Nous y étions ; les drisses étaient en place sur les bittes d'amarrage, on pouvait dire que nous étions à quai. Nous préparâmes notre sac, fîmes nos adieux à l'étudiant, au cuisinier, et trouvâmes l'Américain, impatient devant l'échelle de coupée en fer.

– Oui, bien sûr, il y a une pension, vous verrez, la propriétaire est très sympa, c'est une jeune Farani[1], vous y serez bien. Mais avant de loger à Rapa, il faut en faire la demande

1. Française en polynésien

au Conseil des Sages. C'est une démarche obligatoire. C'est une île un peu particulière, elle a un statut qui n'existe nulle part ailleurs de par le vaste monde.

En face du quai, on apercevait le temple protestant au clocher rouge. Sur la droite, la poste et son antenne satellite, ainsi qu'une épicerie, reconnaissable aux bouteilles de gaz rangées à l'extérieur. On sentait que l'arrivée du bateau était un événement ; la plupart des habitants étaient là. Le vieil homme nous rassura.

– Le Conseil des Sages ! Ne vous inquiétez pas, c'est réellement une formalité, je vous dis ! Il faut s'adresser à l'épicier. Je vous y mènerai en descendant.

Manifestement la famille de l'Américain était venue l'attendre. Une dizaine de personnes lui faisaient des hou hou ! Les femmes portaient des couronnes de fleurs et des colliers qu'elles destinaient sans doute à son cou trop maigre. Les matelots s'affairaient à descendre des conteneurs en fer qui devaient receler les provisions et trésors dont l'île avait bien besoin. C'était une ambiance de fête telle que l'on pouvait la trouver jadis en France, à l'arrivée des diligences.

Enfin nous descendîmes, et effectivement le petit groupe entoura l'Américain dont on ne vit plus que le chapeau. Il y eut même une femme et un homme qui étaient venus avec un ukulélé et qui lui donnèrent l'aubade, pendant que les autres lui entouraient le cou de fleurs polychromes.

Ils reprirent en chœur le refrain.

E Ti-'ura te Ti,
E faifai noa hia e hui tapairu
C'est le Ti[1] *aux reflets pourpres*
Qui est recueilli par les vahinés

E marere hua e !
Na'u tena na Ti
E Ti tanu e !
O a ti, a pare i tai na e
Elles attendent
Elles voleront
Voici mon Ti !
Ti cultivé, déterré et planté au bord du lagon.

O te tu'e mata o te ahune e
E manino te tai o te ravaai
C'est l'abondance
C'est bon pour la pêche.

A te vahiné e
Te tu'u maira i to'na hoa iti e !
La femme
En donnera à son amoureux.

1. Le ti est une plante d'origine chinoise qui, selon certaines Indo-malaisiennes de ma connaissance, est aujourd'hui polynésienne, les feuilles jaunes ou vertes étaient jadis portées par les magiciens, les guerriers, les chefs.

Joyeuse, entraînante, cette chanson était agréable. Quand l'Américain se tourna enfin vers moi, je n'aperçus qu'une montagnette de fleurs, ça devait sentir drôlement bon autour de lui. Au bout d'un moment, comme il ne restait que nous sur le quai, devant le bateau, il ne put manquer de nous apercevoir. Il agita le bras dans notre direction, puis aborda une jeune fille, lui glissa quelques mots à l'oreille et tendit sa main vers nous. Elle se détache du groupe et nous rejoignit. Son sourire, sa joliesse contrastaient avec la noirceur et l'aridité de la montagne derrière.

– Lo Orana

– Bonjour ! Euh…

D'après l'étudiant, la langue locale était le reo oparo, parlée uniquement par les cinq cents habitants de l'île. J'eus peur de ne pas pouvoir communiquer.

– Je m'exprime en farani, en reo Rapa et en polynésien, précisa la jeune fille.

Nous fûmes soulagés.

– Je suis la fille de John. Je parle aussi anglais et espagnol. J'aime beaucoup les langues.

Une linguiste !

– Il m'a demandé de vous emmener voir le chef de l'île pour l'autorisation.

Elle était charmante, toute jeunette, et ne devait pas avoir plus de treize ou quatorze ans. Les fleurs qui décoraient sa coiffe étaient entièrement blanches, ce qui faisait ressortir sa peau mate. Elle sentait le frangipanier. Malgré son jeune âge, on percevait facilement la belle femme qu'elle allait devenir.

– Et comment t'appelles-tu ?

Elle rit et l'on perçut alors l'enfant.

– Élisabeth, c'est le curé qui m'a nommée ainsi quand je suis née. Mais mon nom de Rapa est Hauata, ce qui signifie en farani « nuage de paix » ou « nuage paisible » Tu peux m'appeler comme tu le veux.

Tout en faisant les présentations, nous arrivâmes dans une épicerie, la seule de l'île car nous apprendrons plus tard, qu'il n'y en avait pas dans l'autre village, en face. Devant l'établissement, flottait le drapeau des Australes, une lisière ivoirine soutenue par deux rouges vifs. Dans la bande blanche, cinq étoiles entouraient le dessin d'une espèce d'os.

À l'intérieur de la boutique, régnait un bric-à-brac extraordinaire, un vrai bordel ! L'œil ne savait pas où se poser tant c'était un amoncellement d'objets invraisemblables. Et ils étaient rangés en dépit du bon sens. J'aperçus un calendrier avec la tête figée et hautaine de De Gaulle, en grand uniforme de Général, qui cachait presque une marmite pour une communauté de cinquante personnes, devant un moulin à légumes en plastique vert pomme ; tout à côté, un carton de bonbons qui devait dater de la création du calendrier, une pile de boîtes de sardines au piment de Bretagne, un bocal de pois chiches secs, une tresse d'ail en plastique jauni, un narguilé, deux bouteilles de vin rouge chilien pleines de poussière, quelques sabres brésiliens en fer et manche en bois, de l'eau gazeuse qui ne devait plus avoir de gaz depuis Jésus-Christ, des olives rouges, genre kalamata, dans une boîte en métal ouverte. Devant une représentation kitschissime d'une cité antique grecque, se trouvait un vrai masque africain, comment était-il arrivé ici ? Et les objets montaient, montaient, montaient en plusieurs strates jusqu'au plafond, on aurait dit que chaque centimètre carré était occupé. Sur le sol, c'était pareil ; des cageots de légumes et fruits du pays, des poissons séchés ou en saumure, des arachides, des caisses d'Hinano, la bière locale présentée en obus de verre à moitié pleins, etc.

Manifestement, ils ne mourraient ni de faim ni de soif, car le choix des victuailles et des boissons était impressionnant. Et puis, entre un régime de bananes et d'énormes pamplemousses…

– Mince, mais ce sont des fraises ?

– Oui. Il y a des fruits ici, que l'on ne trouve pas ailleurs, en Polynésie. Notamment les fraises que vous voyez dans ce cageot, mais également des poires, des pommes, des mûres, des pêches, des nectarines.

Une autre jeune fille, à la caisse, nous souhaita gaiement le bonjour. Elle était plus ronde que notre guide, et portait également une couronne de fleurs, elle avait un très beau sourire, éclatant. Hauata lui demanda :

– Ton père n'est pas là ?

– Si, il compte les bouteilles d'eau.

Sans cesser de regarder avec curiosité mon ami Steve, elle appela.

– Papa !

– Oui, j'arrive !

Un homme encore assez jeune apparut, un carnet à la main. Il nous sourit aimablement.

– Ah ! Vous venez pour l'autorisation ? Attendez un peu… Je dois vous faire remplir un document.

Il portait une fine moustache, une paire de lunettes, et des pantalons tenus par une ficelle. On comprit, en le voyant à côté d'elle, qu'il était bien le père de la jeune fille, tant ils se ressemblaient. Il farfouilla dans le tiroir de la caisse.

– Où est-ce que j'ai rangé ce cahier ?

Elle le regarda en rigolant ostensiblement ; manifestement, il était coutumier du fait. Dans sa tête, c'était comme dans sa boutique, un bordel incroyable ! En continuant de chercher, entre trombones, cartouches de stylos usagées, agrafeuse, enveloppes et élastiques, il nous parlait.

– C'est un document nécessaire pour rester sur Rapa. Je suis chargé de vous le faire remplir.

– Vous êtes le chef du village ?

Il rigola et secoua la tête.

– Il n'y a pas de chef ici. Il y a simplement un Conseil de Sages, c'est-à-dire des hommes et des femmes qui ont passé soixante ans. La terre, tout est à tout le monde, il n'y a pas de propriété privée. On partage tout.

Une utopie anarchiste ! Un phalanstère ! J'étais très impressionné.

– Et… ça fonctionne ?

Il me regarda, surpris par ma question.

– Très bien, pourquoi ?

Pourquoi, pourquoi… je ne lui répondis rien, mais ces expériences étaient presque toujours malheureuses, j'étais content d'apprendre que cela pouvait fonctionner quelque part dans le monde. Il reprit fièrement.

– Moi, je fais partie des Sages car mon aïeul, Teparima, mort en 1825, était le dernier souverain de l'île ; son père, Teraau est sorti vainqueur de ce que l'on a appelé la « guerre des Marotiri ».

Le descendant d'un roi ? Dans cette forme de gouvernement sans gouvernement ? Il continua à farfouiller dans son tiroir-bordel.

– Mais il vous faut remplir ce papier… dès que je l'aurai trouvé.

Finalement, il brandit victorieusement un carnet d'écolier.

– Ah, le voilà !

Puis, sa concentration s'évapora et il nous raconta une partie de l'histoire de son territoire.

– C'était au moment où les esclavagistes péruviens envahissaient l'archipel, pour emmener de force les hommes. Ils devaient extraire le guano aux îles Chincha ; c'est la raison pour laquelle la population est aujourd'hui d'à peine 512 habitants, car les survivants de l'esclavage ont rapporté avec eux la dysenterie, la variole et bien d'autres maladies.

Après avoir mis la main sur le fameux document, il fallut encore qu'il trouve de quoi écrire ; c'est sa fille qui l'aida en lui proposant un crayon noir récemment taillé. Il l'ouvrit sur une feuille vierge, puis, en tirant la langue, recopia soigneusement les renseignements qu'il trouva sur une feuille volante, agrafée à la première page du cahier.

– Alors voilà… hum… alors, il me faut tout d'abord vos noms et prénoms.

S'ensuivit une liste impressionnante de renseignements sur nos parents et même nos grands-parents. Je vis bien qu'ils étaient tous trois beaucoup plus intéressés par ce que révélait Steve sur sa famille que sur la mienne. D'ailleurs le regard des deux filles de l'épicerie était très explicite, elles se disaient des trucs entre nanas sans dire un mot, mais je décodais. Elles étaient très intriguées par mon ami. Si elles avaient su, les pauvrettes ! Elles auraient mieux fait de s'intéresser au Popa'a ! Bon, elles étaient tout de même beaucoup trop jeunes, mais mon orgueil en prit un petit coup.

– Votre famille est de par ici ?

Il sourit faiblement ; ce que l'on avait appris tout à l'heure sur l'île d'où il était issu ne l'encourageait pas trop à s'étendre, ni à revendiquer.

– Oui.

Mais devant l'œil insistant de l'auditoire, il fut obligé de lâcher en précisant :

– De l'île de Marotiri Nui.

– Ha !

Les deux jeunes filles hochèrent la tête, l'homme referma le cahier, les formalités étaient manifestement closes. Ensuite l'épicier lui sourit aimablement.

– Je le savais, vous ressemblez trop à votre grand-père, Heremoana, qui en Rapa signifie « Océan d'amour » ! Un homme très connu. Et vous comptez aller voir votre famille ?

– Oui, ma mère. Mais elle a dû passer par ici. Vous ne l'avez pas aperçue ?

Il secoua la tête.

– Non, personne n'est allé par là-bas depuis fort longtemps ; d'ailleurs, il serait peut-être temps de renouer un contact avec eux. Nous sommes inquiets, ce n'est pas bon de rester ainsi entre soi.

Il expliqua.

– En général, nous les contactons ou ils nous joignent par radio. Mais elle est en panne depuis des mois. Peut-être a-t-on reçu les pièces par votre bateau et pourrons-nous enfin la réparer.

Il secoua la tête.

– Votre mère est peut-être bien passée directement par Raivavae, une autre île. Il y a là-bas d'énormes Va'as en bois lourd, cousus, avec de gros moteurs. Normalement c'est un voyage quasi impossible… mais, sait-on jamais… Nous aurons le temps d'en reparler.

Il réfléchit un moment.

– Vous devez être fatigués du voyage et avoir envie de faire un brin de toilette. Ici, nous n'avons qu'une seule pension. Mais ne vous inquiétez pas, il n'y a jamais eu de plainte. Manifestement, les quelques touristes qui s'arrêtent ici ont toujours été satisfaits.

Nous prîmes congé en étant rassurés sur notre statut, nous étions acceptés. Hauata nous entraîna vers la pension en question. En chemin elle nous parla de la femme qui avait acheté l'établissement.

– Il n'y a pas très longtemps que Farahiano s'est installée ici mais elle est tellement douce et gentille, qu'elle est devenue tahitienne. Son prénom rapa veut dire « fleur du Pandanus ». Tout le monde l'aime.

Nous montâmes un sentier escarpé qui s'enfonçait dans la montagne, un chemin large, qui manifestement permettait le passage des voitures car certains morceaux étaient bétonnés, et organisés pour laisser passer des ruisseaux, asséchés pour l'instant, mais vu leur taille, ils devaient déverser de gros flots tumultueux. Ça montait sec et au bout de cinq minutes, nous soufflions comme des bœufs.

Heureusement, ce n'était pas très long, car tout à coup, les pins maritimes verdoyants laissèrent place à une harmonieuse construction en bois polychrome.

– Voilà, c'est ici.

L'endroit avait été bien choisi. Nous n'étions pas très loin du village et pourtant la maison dominait la baie et la localité. C'était comme une énorme restanque, enrochée de pierre noire, sur laquelle était posé le bâtiment, composé d'une très grande pièce dégagée sur le Pacifique. Les baies, aujourd'hui ouvertes, pouvaient être fermées par de larges panneaux de verre qui glissaient sur de solides rails en métal. Ingénieux ! Cela permettait de se rendre compte que le soleil de ce jour-là n'était pas toujours la norme et que les hivers devaient être rudes. Enfin, pour un Polynésien, d'autant plus que l'on voyait pointer une grosse cheminée sur le mur de gauche. J'eus l'impression qu'il y avait longtemps que je n'avais plus contemplé de tels conduits. Mais finalement cela ne faisait que quelques jours que nous avions quitté la France.

Sur le côté opposé, deux constructions annexes s'élançaient dans le vide. Je supposai que c'étaient les chambres pour les touristes. Notre jeune guide appela.

– Farahiano !

Contrairement à nos attentes ce fut un homme qui surgit de l'arrière de la maison. Il était habillé d'une salopette rouge vif tachée de peinture. Le pinceau qu'il tenait à la main suggérait qu'il travaillait à rénover une porte de la même couleur que celle des traces sur son vêtement, sur son outil.

– Non, elle n'est pas là. Elle est en ville pour réceptionner les colis ! Je suis seul ici !

Il rit, salua la Polynésienne.

– Hé, Hauata ! Kahoa ! Lo orana !

Puis il sortit de l'ombre. Son apparition fut tellement extraordinaire que nous sursautâmes. Les parties visibles de son corps et son visage, étaient entièrement tatoués, et l'on imaginait le reste, qui devait l'être tout autant ! Son apparence fantastique s'intégrait pourtant bien dans le paysage minéral alentour. Il portait sur la tête une casquette à l'envers, comme les rappeurs américains. Il nous regarda avec des yeux vert-jaune de chat ; curieux, ils luisaient d'une puissance hypnotique, envoûtante. Il n'avait pas la stature tahitienne, plutôt petit, mince, sans un brin de graisse sur le torse ; s'il n'avait pas été tatoué ainsi, on aurait pu le prendre pour un Popa'a.

Il nous dit également bonjour en français.

– Je ne peux pas vous serrer la main, hein !

Il nous montra ses menottes maculées.

– Comme vous pouvez vous en rendre compte, je ne suis pas un excellent peintre !

Nous rîmes.

– Eddy ! Ce sont des clients !

En réalité, son vrai nom était Meremaana, son prénom marquisien.

Il éclata également d'un rire communicatif !

– Eh bien, il ne sera pas dit que je peins comme un véritable forçat, les boiseries pour rien !

Les tatouages qui recouvraient son crâne rasé étaient denses, on avait du mal à voir un morceau d'épiderme vierge. Son rire dévoila des dents impeccables, mises en valeur par sa peau ornée et sombre. Les lobes de ses oreilles étaient troués. Les boucles qu'il portait devaient être sacrément lourdes car les trous étaient énormes. Il y avait un contraste évident entre la salopette moderne, occidentale et le reste de l'apparence de ce personnage qui nous faisait remonter à une époque lointaine, mystérieuse et vaguement dangereuse. À la ceinture, il portait un coupe-chou tenu par un porte-couteau fabriqué en peau de bœuf, avec trois espaces ; un pour le sabre, un pour le couteau et un pour la lime servant à aiguiser les lames.

Il posa précautionneusement le pot de peinture, y mit le pinceau qu'il tenait dans l'autre main, puis entreprit de se nettoyer avec de l'essence.

– Ne vous inquiétez pas, des chambres, on ne sent rien du tout. Mais venez par ici.

Il nous entraîna dans l'immense pièce qui dominait la mer.

– Vous allez bien prendre un café… ou un thé. Farahiano aime le thé, elle en fait venir à chaque passage du Tuha'a Pae. Mais elle n'est pas encore revenue, elle est allée réceptionner nos courses.

Il rit.

– Notre écot à la civilisation !

Nous demandâmes tous deux un café. La jeune fille, en rougissant, demanda un Coca-Cola.

– Heureusement qu'il y a un bateau qui passe tous les deux mois ! Sinon, nous redeviendrons des sauvages, avec des guerres tribales, et nous mangerions nos ennemis comme au bon vieux temps !

Nouveau rire éclatant. Il ouvrit un gros frigo mural et envoya un Coca à la jeune fille qui le chopa au vol ; ce n'était pas la première fois, le numéro était au point. Tout de même, malgré le rire, je frissonnais : il avait de sacrées belles dents qui auraient pu déchirer la chair humaine avec plaisir.

– Et surtout nous n'aurions plus de Coca-cola ! Je suis Marquisien, il n'y a pas de ces rafraîchissements là-bas…

– Marquisien ?

Il hocha la tête en souriant à la jeune fille qui sirotait la boisson américaine avec un plaisir évident.

– … Et je suis arrivé ici un peu par hasard. Mais je vous raconterai les épisodes de ma triste vie un peu plus tard. J'entends l'engin de la patronne qui grimpe la côte. Enfin, le véhicule…

Effectivement, dans le silence très relatif de la forêt, on perçut le grincement poussif, déchirant, d'un moteur de 4X4. On ne put s'empêcher de regarder. Ce fut un Land Rover qui surgit et qui se gara sur le côté de la maison. Enfin, un Land Rover… J'avais un peu de mal à retrouver le look de la célèbre marque anglaise. Il avait largement vécu et aurait mérité de dormir pour toujours dans le cimetière des voitures. Mais on voyait bien que son propriétaire avait tout fait pour l'empêcher de mourir. Cela se voyait surtout à la peinture de la carrosserie, aucun morceau ne portait la couleur d'origine. Le capot, qui était troué en dentelle, avait certainement été de couleur sable, mais la rouille rajoutait en densité, bien loin de la carrosserie de base qui, on ne savait ni pourquoi ni à quelle époque, avait été peinte en bleu ciel. Il n'y avait plus de portière, ni de rétroviseur, un seul phare tenait, grâce à son fil de connexion, le toit était également troué par endroits. Mais ce qui faisait vraiment de la peine, c'était le moteur qui, à présent que le plus dur de la montée était fait et que le véhicule se trouvait à l'arrêt, continuait à gémir comme un vieillard ayant du mal, après un grand effort, à retrouver son souffle. Enfin, après un dernier hoquet asthmatique, le silence revint. Et là, une voix jeune et gaie nous parvint.

– Hé oh !

J'eus du mal à entrevoir la conductrice, elle avait été occultée par l'aspect surprenant de son 4X4.

– Meremaana ?

Elle rentra par la porte nouvellement peinte, les bras chargés d'un gros carton. Elle le posa sur une table et apprécia d'un regard approbateur le travail du Marquisien.

– Pas mal, Meremaana, pas mal… J'hésite entre Gauguin, Kandinsky et…

Puis elle nous aperçut.

– Bien le bonjour ! Eh bien, pour une fois que nous avons de la clientèle ! Parce qu'il ne faut pas nous faire de fausse joie, vous êtes bien des clients, hein ?

Elle portait la même salopette que le Marquisien, mais l'effet était bien différent. C'était une femme d'une vingtaine d'années aux cheveux noirs comme de l'encre. On aurait dit une vraie Méditerranéenne. Eh oui, ça existe encore. Sa voix, très légèrement teintée d'un accent chaleureux, demeurait élégante, c'était bien joli. Le reste était à l'avenant. Son visage était régulier avec des yeux noirs, ronds; elle aurait eu quelques gènes grecs que cela ne m'aurait pas étonné du tout. Sa peau était comme de la soie sombre. Café au lait. Peut-être du coin ? Mais elle ne roulait pas les R comme les Polynésiennes. Ou à peine, par mimétisme.

– Tu as offert le café ?

Rire.

– Oui. Mais entre-temps, j'ai mangé la commission. Je m'en occupe tout de suite.

Nous nous assîmes autour de l'immense table taillée dans une seule grume, la pièce de bois respectait tous les nœuds, toutes les irrégularités, l'arbre avait dû être gigantesque. Le menuisier avait laissé les bords irréguliers du végétal, c'était très beau. Le meuble devait servir pour les repas, du petit-déjeuner au dîner, il était placé face à la baie et avec le splendide temps, nous voyions au loin les nuages qui passaient là-bas, là-bas… les merveilleux nuages… comme le prétendait notre Charles Baudelaire national. Le corps de notre hôtesse était caché par son vêtement de travail, mais l'on devinait une souplesse de femme libre ; ses jambes étaient longues, sa taille bien marquée par une ceinture, ce qui lui dessinait les fesses un peu garçonnes. J'aimais sa coupe de cheveux, lesquels étaient coupés nettement au-dessus des épaules. Ils étaient lourds, d'une texture qui donnait envie de passer les doigts dedans. Sa nuque était longue et fine ; elle me plaisait beaucoup.

– Alors, vous venez d'où ?

– De Paris.

– De Paris ! Je connais bien, j'y ai vécu dans une autre existence ! Ouais, Paris, lâcha-t-elle les yeux dans le vague.

Mais elle ne m'en dit pas plus sur sa vie à la capitale, elle changea de sujet. Nous discutâmes de choses sans importance. Elle avait une écoute extraordinaire, il lui suffisait de nous regarder et nous nous sentions beaux et intelligents. Je me dis que l'amour, ce devait être ça : penser que le portrait que l'être chéri vous renvoie correspond à ce que vous croyez être, ou ce que vous souhaiteriez être.

J'aimais sa façon de sourire ou de rire en renversant la tête en arrière, en se livrant totalement. Elle nous parla de son île, Rapa, de comment elle l'avait découverte un jour, mais ne s'appesantit pas sur les circonstances. J'ai pensé que ce devait être intime. Moi, bien sûr, je l'imaginais fuyant une histoire d'amour qui avait mal tourné, ou une maladie mortelle qui se serait révélée totalement guérie en arrivant à Rapa… J'étais incorrigible. Elle effleura le thème de Paris, le tout avec esprit, un humour rapide et efficace, sans grand effet visible, en ne se prenant pas au sérieux, en se moquant d'elle-même. En fait, on n'apprit quasiment rien. Une mystérieuse. Tout ce que j'aimais !

En quelques minutes, je m'aperçus que j'étais tombé amoureux fou de la donzelle. Steve, qui était impatient de savoir comment aller rejoindre sa mère, prit le temps de sourire. Il commençait à me connaître, et me cligna imperceptiblement de l'œil ; il avait compris. Je haussai les épaules à son intention, comment aurais-je pu faire pour ne pas tomber sous le charme d'une telle fille ?

– Et vous ? Que venez-vous chercher ici ?

Elle plongea hardiment son regard dans le mien. Oui, ça aussi, ça me plaisait, elle ne papillonnait pas, elle y allait carrément. En réalité l'œil n'était pas si noir, il y avait du vert… quelque chose d'indéfinissable, une profondeur. On s'y serait noyé ! Par contre, moi, sous son regard inquisiteur, j'étais déstabilisé et je bafouillais lamentablement :

– Je… nous…

Tu parles d'un Casanova ! Heureusement, mon ami était sans doute un peu plus immunisé contre son charme, il lui répondit.

– Nous devons rejoindre ma mère à Marotiri Iti.

Meremaana arriva avec un plateau, de tasses fumantes et un autre Coca-Cola pour la fille de John ; le café était bon. La propriétaire resta surprise de la déclaration de Steve. Elle continua à l'observer attentivement, puis passa au tutoiement, qui était de mise en Polynésie.

– De Marotiri Iti ? Ta famille est des îles Marotiri ?

– Oui, tout à fait. Je n'y suis jamais allé, mais je viens de là-bas.

– Très bien, donc tu es donc un demi ou mêlé[1], comme nombre de Polynésiens.

Elle changea brusquement de sujet et de ton.

– Mais je manque à tous mes devoirs, excusez-moi. Je me présente, je m'appelle Farahiano. Je suis la propriétaire de cet établissement. Nous avons deux belles chambres, et une cuisinière qui vous concoctera des plats de la région.

Elle rit.

1. Un des deux parents venant d'ailleurs.

– De toutes les façons, vous n'avez pas le choix, il n'y a pas de restaurant dans l'île et le seul endroit pour dormir se trouve chez nous. Je suis la seule pension habilitée, vous n'auriez pas le droit de résider ailleurs. Sauf dans votre famille.

Steve nous présenta également, tour à tour. Un silence d'observation. Puis Hauata, qui avait sifflé son second Coca en un quart de seconde, se leva, rota discrètement et nous apprit qu'elle devait rejoindre sa famille pour la préparation du repas de retrouvailles du papa.

– Il m'a chuchoté que vous étiez invités.

Elle se tourna vers Farahiano et le Marquisien.

– Ainsi que vous deux, bien entendu. On a lancé le Ahi ma'a, ce matin au lever du soleil !

Devant notre air de totale incompréhension, la jeune femme expliqua.

– C'est le four traditionnel polynésien. L'occasion d'une importante fête en famille et entre amis. Vous allez voir un grand pan de la culture.

Hauata précisa d'un air espiègle :

– Mais nous pouvons aussi inviter quelques Faranis !

J'avais appris ce qu'étaient les Faranis : des Français. Je remerciai la jeune fille.

– Ah bon, alors, merci, nous sommes ravis !

– Mais il vous faudra être là vers dix-huit heures tapantes. Et en habit, bien entendu !

– Bien entendu.

Nous la regardâmes avec angoisse ; à l'évidence nous n'avions pas cela dans nos sacs de voyage ! Les deux Polynésiens et Farahiano jubilèrent de nouveau devant nos mines déconfites. Nous comprîmes alors que cette précision est une petite farce. Sacrée gamine ! Nous mêlâmes finalement nos rires aux leurs, ici on blaguait beaucoup, pour un rien, une façon de vivre. Cela me rappelait également Marseille.

La propriétaire se leva.

– Mais venez donc, que je vous montre les chambres à coucher. Vous devez être très fatigués.

Nous la suivîmes dans les deux bungalows en bois accrochés à la falaise. Nos deux chambres étaient sœurs jumelles. Je pris la deuxième, et je restai un peu de temps en tête à tête avec la fascinante et mystérieuse Farahiano.

La vue depuis le balcon, qui prolongeait la pièce, était hallucinante.

– Waouh ! J'imagine les jours de tempête…

– Oui, c'est très impressionnant, quelquefois c'est même effrayant.

Elle me raconta qu'un couple qui était venu l'hiver, avait exigé de dormir dans la salle à manger ; la pluie violente et le vent leur avaient fait peur.

– Ils ont pensé que la chambre allait se décrocher de la falaise !

Je repensai à « l'hôtel du phare » en Bretagne, dont nous avions considéré, à l'époque, que la vue était grandiose !

Petits joueurs !

Pour atténuer ce côté dramatique et impressionnant, le bois qui recouvrait entièrement toutes les cloisons, le plancher et le plafond avaient été laissés naturel, le bois blond. Des bougies posées sur des bougeoirs rudimentaires émaillaient l'endroit. Quelques jolis coquillages, et des pièces de grume usées par la mer et les intempéries, servaient tout simplement de décoration. Suivant mon regard posé sur les bougies, l'hôtesse anticipa mon interrogation.

– Il y a des coupures d'électricité sur l'île… la foudre touche très souvent les poteaux, le transformateur ou les batteries.

Une question me taraudait.

– Dites-moi… Farahiano, c'est quoi votre vrai prénom ?

Elle me regarda, sur la défensive, puis avec agressivité.

– Ben… Farahiano…

Elle observa au loin la baie.

– C'est comme si j'étais née dans ce lieu. Oui, c'est mon prénom, et mon pays maintenant.

Pensive :

– J'aimerais bien qu'à ma mort, ma dépouille soit enterrée ici, devant la pension. Comme ça se fait dans toute la Polynésie.

Le Marquisien l'appela. Je n'insistai pas, d'autant plus qu'elle prit brutalement congé de moi.

– Je dois y aller. Si vous n'êtes pas debout à cinq heures et demie, je viens vous réveiller !

J'eus du mal à m'endormir, car le voyage et la descente à terre m'avaient fortement excité. Mais je tombai ensuite dans un sommeil lourd, peuplé d'images érotiques, de monstres tatoués et de repas étranges où les aliments se transformaient brusquement, au moment de les grignoter, en personnages grimaçants et moqueurs.

Les rêves…

C'est Steve qui finalement me réveilla.

– Lève-toi enfin, gros fainéant, c'est l'heure d'aller manger !

Il faisait presque nuit. Un spectacle incroyable m'attendait devant la croisée. D'un point incandescent, le soleil, à l'horizon, mourait avec une majesté magnifiquement décadente. Il laçait de telles pointes orangées que l'on n'aurait jamais pensé qu'elles étaient naturelles. La surface du lagon, plate, s'irisait d'un gris métallique, faisant penser à une surface solide. De temps en temps un rameur passait dessus et l'onde se fracturait alors d'une minuscule vague.

Je bâillai longuement.

– Mais c'est quelle heure ?

– Presque six heures, nous sommes en retard pour le fameux four traditionnel tahitien !

Le temps de prendre une douche rapide, et je fus finalement fin prêt.

– Et voilà !

Farahiano s'était mise sur son trente-et-un. Elle portait une robe fleurie qui laissait une belle partie de ses gambettes bronzées à découvert. Sur sa tête elle avait posé une lourde couronne de fleurs polychromes qui cachait ses cheveux. Je sifflai.

– Houlà, on sort une princesse !

Elle sourit, flattée. Le Marquisien protesta.

– Et moi ? Personne ne me dit que je suis comme un monarque ?

Meremaana s'était habillé, moitié de ses tatouages et moitié d'un pagne blanc immaculé. Et c'était vrai qu'il m'apparaissait comme un roi. Il était magnifique. Je ressentis une pointe de jalousie. Il était vrai qu'un peu plus tôt, je ne m'étais pas posé la question ; pour moi ils n'étaient pas en couple. Mais, en le voyant ainsi, plein de mystère, de vieille culture, de traditions ancestrales, d'un naturel effrayant, d'une beauté surnaturelle, je me dis que si j'étais à la place de Farahiano… oui, j'aurais à l'évidence cédé. J'en étais là, rongé brutalement par une jalousie maladive, ne trouvant rien à dire, quand mon ami, lui répondit :

– Tu es très beau.

Il avait dans la voix quelque chose qui… Il était pâle et regardait le Marquisien avec avidité. Ça me gêna un peu, j'eus l'impression de rentrer dans son intimité. Et puis, j'eus un peu peur qu'il ne se rie, j'avais compris qu'il avait la moquerie facile. Je le regardai avec un peu d'appréhension pour voir comment il allait prendre cette déclaration d'amour, mais je fus surpris car Meremaana ne rit pas, ne se moqua pas, il regarda mon ami avec une tendresse amusée.

– Alors, vous êtes enfin tous prêts ? On va finir par louper l'ouverture du four !

Nous grimpâmes dans l'antique Range Rover qui était sans surprise, dans le même état, à l'intérieur comme à l'extérieur. Je montai devant avec la conductrice, et mon compagnon de voyage avec le Marquisien à l'arrière. Avant cela, celui-ci enleva le « frein à main » en riant. En fait, une grosse pierre posée contre la roue pour empêcher le véhicule de dévaler la pente. Quand elle mit le moteur en route, tout vibra dans l'habitacle. Je cherchai en vain la ceinture de sécurité qui me permettrait peut-être de me protéger un peu ; bien évidemment, il n'y en avait pas. Le boucan était tel qu'il était impossible de parler. Farahiano alluma une lampe forte, afin de pallier la déficience du phare manquant. Je regardai la jolie Popa'a. Mais je n'aperçus qu'une image brouillée, tremblée, troublée.

Le chemin était éclairé par une loupiote restant encore miraculeusement accroché à l'engin, mais il fallait une sacrée dose de connaissance journalière du terrain pour ne pas nous envoyer dans le décor, car le phare éclairait peu. Je me rendis compte pendant le voyage que le 4X4 ne possédait plus réellement de freins, la conductrice jouant en permanence avec le moteur pour ralentir. Elle me mit en garde.

– Fais attention à tes pieds !

Profitant de la lampe centrale qui, miracle, fonctionnait encore, je me rendis compte que le plancher du véhicule était troué par la rouille : on voyait la terre du chemin.

– Elle a quel âge ta guimbarde ?

Rire joyeux, frais.

– Je ne sais pas, je n'ai jamais eu la carte grise !

Bien sûr !

Nous rejoignîmes la route, qui était en assez bon état. Mais les quelques nids-de-poule dans lesquels les roues de notre véhicule s'engagèrent, nous firent sauter en l'air, ce n'était déjà pas drôle pour moi, mais je plaignis sincèrement mes compagnons de voyage assis à l'arrière.

Nous arrivâmes enfin dans une vaste clairière délimitée par la forêt tout autour et éclairée par des projecteurs solaires. Autour d'un monticule de terre étaient regroupées une quarantaine de personnes. Farahiano coupa enfin le moteur après avoir amené doucement l'avant de son 4X4 contre un manguier.

– Ouf !

Elle rit devant mon soulagement évident.

– Nous sommes vivants ! Ben ça alors !

Elle m'affirma avec force :

– On arrive toujours avec ma Titine !

Titine !

C'est ainsi qu'elle nommait ce tas de ferraille rouillée qui tenait uniquement par les écailles de peinture qui résistaient ici ou là ; moi, je l'aurais plutôt appelé « Catastrophe ambulante » !

Nous allâmes saluer John qui trônait près de l'immense table posée au centre de la clairière. Puis, nous nous mêlâmes à la foule qui regardait attentivement quatre hommes en pagne en train de dégager délicatement l'humus d'un tumulus à l'aide de pelles. Une fois la terre dispersée, au moment où l'on commençait à enlever des sacs de jute, trois Polynésiens en veste se mirent à taper sur des tambours à l'aide de baguettes. Ils jouèrent ainsi jusqu'à ce que les éléments du dîner soient bien visibles. Alors, les femmes se joignirent à eux et commencèrent le chant. Une mise en scène bien réglée. Farahiano nous expliqua comment tout cela se déroulait.

– Le Ahi ma'a est un repas très important ! C'est le partage, l'entraide, la cohésion d'une communauté, et surtout la transmission intergénérationnelle des savoirs qui est fondamentale ici. Les jeunes s'en vont faire leurs études à Tahiti ou même en métropole et ils ne reviennent souvent qu'à leur retraite en ayant oublié leur culture, leurs traditions.

Avant tout, il fallait faire un beau feu avec du bois sec, sur un lit de roche volcanique ; une fois que la braise était incandescente, les pierres étaient rouge sang. Au fur et à mesure de l'explication, j'imaginais et je voyais.

– On pose des feuilles de bananier au fond de paniers dans lesquels on va enfermer tout d'abord du cochon – il en faut dans le Ahi ma'a ! – ensuite du poulet fafa, des légumes, du manioc, du taro, des bananes, des bananes plantain, de l'uru, ou fruit de l'arbre à pain, du Poé, un dessert à base de banane, de la pâte de fruit, et bien évidemment, des poissons vidés et écaillés. On recouvre le tout de feuilles de bananier, puis de sacs en jute et de terre, et on laisse ainsi cuire à l'étouffée une journée. Ou une nuit, car ce plat traditionnel se déguste en général à midi le dimanche après la messe, après avoir été commencé au petit matin, vers cinq heures.

Tout cela me faisait saliver, j'avais faim ! Et ce plat me rappelait irrésistiblement le hérisson cuit dans l'argile que nous cuisinait un gitan dans la campagne marseillaise. Le principe était exactement le même. Steve qui était pourtant toujours affamé me parut un chouïa triste. Il devait penser encore à sa mère.

Hauata vint nous chercher.

– Pàpà m'a demandé de vous installer pas très loin de sa chaise, une place d'honneur.

À peine fûmes-nous assis qu'une femme d'un certain âge nous apporta une bière. Elle présentait des traits fins, semblait très vive. Un paréo chargé, de couleur bleu foncé, enveloppait son corps délié.

– Lo orana. Je suis la vahiné de John !

– Enchantés !

Nous nous présentâmes en nous levant, ça impressionna beaucoup l'assemblée qui se moqua manifestement de notre comportement un peu trop formel. Les vieux se marraient très gentiment. Ces gens étaient gais, ça nous changeait énormément de la morosité parisienne ! Dès que les aliments sortirent des feuilles, les femmes arrêtèrent de chanter.

– Soyez les bienvenus à Rapa ! Nous avons commencé à ouvrir les enveloppes, bientôt l'on va manger !

Les sacs en question étaient les petites bourriches fabriquées en fibre de feuilles de cocotier. Il se dégageait de ces paniers verts et marron des odeurs, des fragrances étonnantes et bien entendu, extrêmement appétissantes. Le cochon de lait qui avait cuit entier était en train d'être découpé par un énorme Polynésien qui portait un petit chapeau en paille.

– Hum ! J'ai une de ces fringales !

Steve se réveilla enfin, comme toujours il avait toujours un appétit étonnant, mais je devais reconnaître qu'il avait raison, il faisait très faim ! Cette façon d'appréhender la vie de la communauté faisait plaisir à voir et j'étais content de vivre ce moment exceptionnel. Ça allait bien au-delà de nos cultures de l'hexagone.

Les montagnes de nourriture s'empilaient dans des plats variés, rangés soigneusement par une armée de vahinés colorées et volubiles ; les bananes fei, l'uru, les ananas cuits entiers, le taro, le manioc… enfin, tout, était réalisé pour exacerber la faim qui torturait notre estomac. De plus, la Hinano, la bière locale, bue à jeun, nous faisait un peu tourner la tête, bref, il fallait que l'on mange. Nos hôtes étaient polis et attentionnés. Nous fûmes, à notre plus grand plaisir, les premiers servis.

C'est Hauata qui s'occupa de nous en posant devant nous une l'assiette pleine à ras bord :

– Si vous en voulez encore, il faut vous resservir tout seuls.

Je cherchai du regard notre logeuse et je l'aperçus au sein d'un groupe de femmes, bavardant avec animation, riant de bonne humeur. Elle était très belle. Comme si elle m'avait senti elle regarda vers nous ; s'apercevant que je l'observais, elle m'adressa un petit signe.

Nous attendîmes un moment, puis, voyant que les gens servis commençaient à s'alimenter, nous les imitâmes. J'attaquai le cochon de lait ; il était tendre, un peu fumé, il se mangeait à la cuillère. Le fameux fruit de l'arbre à pain, le uru, m'intriguait ; c'était doux, un peu sucré. Je découpai un gros morceau de poisson. La chair était tendre, délicieuse.

Meremaana vint s'asseoir à nos côtés.

– Hé, les copains ! C'est vrai que vous désirez aller à Marotiri iti ?

C'est Steve qui répondit en avançant le buste.

– C'est exact. Je dois retrouver ma mère.

La bière commençait à faire son effet, le Marquisien rigola.

– Pourquoi, tu l'as perdue ?

Mon ami me regarda, ; comment lui expliquer ? Il botta en touche.

– C'est compliqué. Tu connais un moyen pour aller là-bas ?

– Bien sûr.

Fièrement, il annonça :

– J'ai un poti marara.

– Un poti marara ?

Il hocha la tête vigoureusement.

– Yes, mon prince. C'est un bateau avec un gros moteur[1].

Il sourit assez satisfait.

1. Il est construit spécialement pour pêcher les Mahi mahi au harpon. (Dorade Coryphène). On l'appelle ainsi parce qu'à l'origine, on péchait avec les Marama (Poisson volant) à l'épuisette. Construction en contreplaqué ou polyester, en V, spécialement adaptée à la houle de haute mer. Son poste de pilotage se situe devant et est équipé, à la place du volant, d'un manche à balai permettant les virages brusques pour suivre les poissons. Ce type de bateau a été inventé par Léonard Deane à Arue avec une première construction en 1962.

– Je suis le seul dans l'île à en posséder un. Si vous mangez du poisson à la pension, c'est grâce à moi !

– Mais ton poti marara peut nous emmener jusqu'à Marotiri ?

Il fit mine de s'enfoncer deux doigts dans le nez.

– In the nose ! D'ailleurs, j'y suis déjà allé pêcher plusieurs fois ! Faut dire, il y a beaucoup de mahi mahi ! Je peux très facilement vous y emmener, mais c'est loin !

Steve était impatient.

– Quand ?

– Dès que le temps le permettra. Tiens, aujourd'hui, c'était parfait.

La bière coulait à flots. Je me levai pour aller en chercher un obus dans le casier. J'avais repéré notre hôtesse qui grignotait, assise sur une souche au bord de la clairière ; elle était seule. « Fonce, Aldo ! T'es le meilleur ! »

Me voyant arriver, elle me sourit.

– Tu ne manges pas ? Tu n'aimes pas ?

Je m'assis à côté d'elle.

– Au contraire. J'ai adoré et me suis empiffré de cochon, de poisson, de fruits et de légumes. Je n'en peux plus. Mon ventre va éclater !

– As-tu goûté au fafaru.

– Du fafaru ?

– Oui, c'est nécessaire !

– Je ne sais pas, j'ai mangé plein de choses que je ne connaissais pas.

Elle réfléchit quelques secondes puis :

– Mmm… si tu en avais grignoté, tu t'en souviendrais ! Ne bouge pas, je vais t'en choisir un beau morceau.

Elle fila à la table, plongea une grande fourchette dans un bocal transparent rempli des bouts de chair qui flottaient. Franchement, ça ne me disait pas trop. Elle revint vers moi avec un sourire qui me fit penser qu'elle me jouait un tour. Mais moi, j'avais décidé de la séduire, donc, je mangerais tout ce qu'elle me proposerait, tout ! Même si, pour cela, je devais être ridicule ! Ou empoisonné !

– Tiens !

Elle me tendit l'assiette immaculée avec au milieu un bout de… de quoi ?

– C'est quoi ?

Ça sentait très fort.

– Du thon.

Je pensai à quelque chose de pourri, mais – putain, je suis drôlement amoureux ! – j'avalai entièrement le morceau. Bon, je dirais qu'au premier ressenti, c'était carrément immonde… mais en approfondissant… Malgré mes réticences et parce que la jeune femme me regardait avec malice, je balançai :

– C'est très bon !

Elle éclata de rire.

– Non, je t'assure. Bien sûr, au premier abord, c'est…

Elle m'observa, l'air amusé.

– … Pas facile facile, mais en y goûtant à nouveau, c'est… pas mal.[1]

Elle pointa un regard accusateur sur mon ventre.

– Je vois bien que tu détestes !

Je ne pus m'empêcher de rire.

– Allez, viens avec moi ; pour me pardonner et pour faire passer, tu vas goûter un alcool du pays à base d'ananas.

Je pensai que j'aurais pu la suivre où elle voulait, et qu'elle pouvait me faire boire ou manger tout ce qu'elle désirait. Mais je me tus, rien ne sortit de ma caboche, il aurait été bien trop prématuré de m'engager sur ce chemin. Je sentis que Farahiano n'était pas une de mes conquêtes ordinaires ! Avec elle, il fallait que j'avance sur la pointe des pieds. Mais c'était elle qui m'entraînait pour voir un type dans un coin de la clairière. Celui-ci, avec parcimonie, versa dans des verres un liquide presque transparent qui sentait l'alcool de contrebande. Il était vrai qu'au goût, on détectait l'ananas, mais, comme dirait l'autre, il n'y avait pas que ça.

– Ça ne rend pas aveugle ?

---

1. Le fafaru est fabriqué à base de poisson, que l'on coupe finement puis que l'on laisse dans une marinade composée d'eau de mer et de têtes de crevettes. La marinade peut durer, avant consommation, de quelques heures à plusieurs jours. Une fois la marinade filtrée, le fafaru se sert avec un hachis d'ail et de gingembre.

Elle s'esclaffa. Ce fut un bon point pour moi ; ne dit-on pas : « femme qui rit, femme à moitié dans ton lit » ?

– Si c'était le cas, les trois quarts de l'île ne verraient plus rien du tout ! Non, le bouilleur de cru sait ce qu'il fait.

Elle réfléchit un moment puis sourit.

– Enfin, je l'espère. Ça s'appelle Komo Puaka. En farani, « endort cochon » ou « eau de cochon ». Il contient quelquefois du méthanol, ou alcool méthylique, et tu as raison, c'est dangereux d'en abuser !

En parlant de cécité, je me demandai si les mâles de l'île n'étaient pas tous un peu malvoyants. Pourquoi n'y avait-il pas autour de cette beauté invraisemblable, une haie d'honneur, des groupes de prétendants qui se pressaient en foule ? Était-elle plus attirée par la gent féminine ? Non, il ne fallait pas que je raisonne ainsi, je ne voulais pas y penser ! Car il n'y avait pas non plus, dans son entourage, d'amoureuse ; en tout cas, je n'en avais pas aperçu.

Alors quoi ?

Nous verrions à l'usage. Je changeai de sujet.

– Il y a des enfants dans l'île. Comment ça se passe ?

Elle me sourit. Qu'elle est belle !

– C'est assez simple. Il y a une école primaire ; venez, je vous présente l'instituteur.

Ma jalousie reprit force, car l'homme avait tout pour séduire. Il était très grand, beau, il portait élégamment une série de tatouages ethniques, et semblait intelligent.

Un magnifique produit de la Polynésie. J'étais en train de me demander comment l'éliminer physiquement, sabre ou poison, quand il me présenta sa vahiné. Elle était tellement charmante que, tout à coup, je le trouvai réellement sympathique. Ce n'était pas mon concurrent ! Mais où était-il ? Où se cachait-il ?

Au fond de moi, l'idée qu'elle soit libre faisait son nid douillet. Je me pris à espérer…

Le retour de la fête à la pension fut assez folklorique, sur cette petite route ; nous étions un peu saouls tous les quatre. Je fus le dernier à rentrer à l'hôtel, faut dire que le ciel était magnifique ; je m'attardai un peu, espérant vaguement que mon amoureuse reste avec moi, mais, hélas, ce ne fut pas le cas. Je me traînai donc jusqu'à ma chambre.

Au détour du couloir, je tombai sur une vahiné assez âgée.

– Lo orana Farani.

Elle était petite et ronde. Elle se mit en travers de mon chemin.

– Lo orana.

– Je suis la tante de Hauata.

Je n'avais aucune envie de discuter avec cette dame, j'étais vanné.

– Enchanté. Votre nièce est très sympathique. Mais je dois aller me coucher, j'ai fort sommeil, et…

Elle me coupa la parole.

– Je me nomme Ohotunuipuahanoheani. Je me recharge au contact des présents.

Je la regardai pour m'assurer que ce n'était pas une blague, ça n'avait pas l'air.

– En Farani, ça signifie, « la pleine lune qui brille dans le ciel ».

Elle murmura si doucement que j'eus du mal à l'entendre.

– Ils m'ont aspergé de parfum et ont recouvert le corps d'holothuries vivantes, ils ont chanté des chants anciens, tabou… et ils savent bien que les tupapaoh détestent ça…

– Les holothuries ? Mais…

Elle interrompit le cours de mes questions et me regarda fixement.

– C'est toi qui as envie d'aller au Sud ?

C'était plutôt étrange, cette rencontre.

– Euh, oui. Enfin, non. En fait, c'est mon ami qui loge dans l'autre chambre, moi je l'accompagne seulement.

Elle me regarda fixement, son œil était noir, liquide, je fermai les miens, j'avais l'impression que j'allais être aspiré.

– Ce n'est pas une bonne idée, le mana est très mauvais là-bas, en ce moment. Tourne-toi un peu pour voir.

Je m'exécutai docilement ; dans l'état où j'étais, on aurait pu me faire faire à peu près n'importe quoi. Je perçus qu'elle posa sur mes épaules, ses mains grassouillettes. Sa voix s'éleva alors dans mon dos.

– Oui, je te sens bien, je suis avec eux, ils m'ont acceptée, il y a très, très longtemps. Et je t'affirme qu'ils me disent… N'y va pas ! Ils me disent qu'il faut que tu refuses d'y aller. Tu entends ?

Malgré moi, je hochai la tête. Tout à coup, des images vinrent à moi ; des corps tordus par des danses sataniques, des cris, des hurlements, des regards hallucinés ; je frissonnai, je ne voulais pas m'endormir, ni m'évanouir. Que m'arrivait-il ?

Je me secouai.

– Madame, Madame ?

Je me retournai brusquement, j'étais seul.

Merde, une hallucination !

Avais-je rêvé ?

Pourtant elle était bien réelle.

– Putain Aldo, tu tournes vinaigre !

La soirée se termina ainsi. Je ne savais pas l'heure qu'il était, mais j'avais l'impression que les coqs du voisinage étaient déjà levés quand mon corps toucha enfin les draps.

Quand je réussis à émerger, j'avais un mal de tête comac ! Ouais. Il devait y avoir du méthanol dans cette putain de boisson, c'était sûr et certain. D'ailleurs, je m'en étais douté, rien qu'à voir la tronche du vendeur d'alcool… vicelard, pour le moins. Une tête d'assassin de commedia dell'arte ! Avec un nez de poivrot. Chancelant, je retrouvai tout de même la salle à manger. C'est Meremaana qui m'accueille. Il était en train de bricoler le percolateur. En guise de bonjour, je gémis.

– Oh non ! Pas ça ! Ne me dis pas que tu ne peux pas me faire un café parce que tout est en panne !

Il rit.

– Kahoa, Aldo ! Mais non, t'inquiète! Ce n'est pas de la réparation, c'est uniquement de l'entretien. Dans ces endroits de bord de mer, si tu ne fais pas attention, très rapidement tout rouille. Tu veux déjeuner ?

Je secouai la tête et gémis derechef.

– Juste un café noir, bien serré et brûlant. J'ai le crâne comme un ballon. Tu n'as pas d'aspirine ?

– Tout de suite.

Comment faisait-il pour être aussi alerte après une nuit pareille ?

– C'est simple, je n'ai pas pris de Komo Puaka ! C'est un poison ! Tu n'aurais pas dû en boire !

Je m'en doutais ! Je n'en avais bu qu'un petit verre. Et j'avais avalé ce truc-là uniquement pour plaire à Miss Farahiano. D'ailleurs…

– Elle n'est pas levée, la propriétaire ?

– Si, bien sûr, depuis un long moment. Elle est partie avec ton ami pour prendre le courrier – hier, il n'était pas encore trié – et voir si l'on peut trouver du gasoil pour le poti marara. Parce que ce n'est pas toujours évident, il nous faut, pour traverser jusqu'à Marotiri, de quoi aller et revenir. Ce n'est pas du tout sûr qu'il y ait de quoi, là-bas. Ils vivent un peu en autarcie.

Je me dis que la partie de cette aventure allait présenter quelques virages difficiles. Déjà le voyage en mer…

– Tu penses vraiment que nous pouvons y aller ?

Je ne savais pas pourquoi, mais j'avais confiance en ce type. Il avait l'air tellement sûr de lui, peut-être, à cause des tatouages qui habillaient son corps. Au fond, ça donnait un sentiment d'éternité.

– Bien évidemment ! Je t'ai dit que j'allais pêcher par là-bas, c'est plein de thons et de mahi mahi. Mais il nous faut du gasoil, c'est tout. Quant à la mère de Steve, c'est une autre paire de manches !

Oui, il avait raison, c'était une partie de l'histoire qui ne nous concernait pas. Mais je n'oubliais pas pour autant que c'était à cause ou grâce à sa mère que je me retrouvais dans cette île du bout de monde, amoureux d'une Farani étrange. Enfin, ce n'était même pas sûr qu'elle soit française !

Dans la baie, devant moi, le bateau qui nous avait amenés s'apprêtait à repartir. Pour trois mois. En temps normal, nous serions en vacances, la fac étant fermée pour cette période. J'avais du mal à imaginer que nous ne pourrions pas bouger de l'archipel, de l'île, pendant trois mois. Meremaana me rejoignit, nous regardâmes un moment, en silence, les préparatifs du Tuha'a Pae IV.

– Heureusement qu'il est là. Pour les relations avec le reste du monde, pour transporter les étudiants dans les facs à Papeete ou en Europe, pour nous apporter le gasoil justement, les denrées de première nécessité que nous ne produisons pas, les pièces de rechange de moteurs de voitures ou de bateaux, etc.

Des enfants couraient sur le quai, excités par le départ prochain d'un grand frère, d'une sœur aimée, d'un parent, d'un ami.

– Dis-moi, Meremaana, il y a longtemps que tu portes ces tatouages ?

Il haussa les épaules.

– Depuis que j'ai vingt-cinq ans. Mais j'ai commencé par un tout petit, tiens, celui-là. Il représente mon île. Tu sais, les Polynésiens sont très attachés à leur passé, leur culture, leur territoire, leurs dieux Et puis après, là, sur l'épaule, j'ai fait dessiner ma famille… et elle est très nombreuse !

Il rit en posant devant moi, un expresso noir, serré comme j'aime. L'odeur était délicieuse.

– Le café de l'île !

– Hein ?

– Oui, c'est ici qu'il est produit, dans l'Est.

Incroyable ! Il y avait tout ici ?

– Un vrai paradis.

En attendant, le breuvage était chaud, parfumé et revigorant, j'en demandai un deuxième.

– Je l'ai bien mérité, avec ce que ta patronne m'a demandé de boire ! D'ailleurs, en parlant d'elle, je m'interroge… comment se fait-il qu'elle n'ait pas de fiancé ?

Il me regarda en biais.

– Tu n'as qu'à le lui demander. Meremaana ne se mêle jamais des affaires de ceux qu'il aime. Et de ceux qu'il déteste encore moins !

Voilà qui avait le mérite d'être clair. Mais je ne baissai pas les bras aussi facilement.

– Elle est peut-être homosexuelle ?

Il rigola.

– Tu as quelque chose contre ?

– Non, non, rien du tout, simplement, comme personne ne veut rien me dire, j'émets des hypothèses.

– Émets, émets !

– Mais tout de même, avoue que…

Il leva un doigt en l'air en tendant l'oreille. En plus du ressac de la mer, j'entendis également le bruit caractéristique du moteur asthmatique du 4X4.

– Ah, tu vas pouvoir demander en direct à l'intéressée elle-même.

Certainement pas, il le savait l'animal, et il se foutait de moi. Je changeai de sujet.

– Il est où, ton bateau, je n'en ai pas vu dans la baie ?

– Il est au sec, de l'autre côté. J'ai repeint la coque avec l'antifouling adéquat, il est prêt. Dès que les conditions seront favorables, psitt !

Je ne savais même pas de quoi il parlait, mais je comprenais le sens général : son bateau était en bon état et prêt à prendre la mer.

– Meremaana, Aldo, Io orana !

Elle apparut, suivie d'un Steve souriant, gai, détendu. Il n'y avait donc que moi qui avais souffert de cette boisson maléfique ?

– Ça y est, Aldo, nous avons le carburant ! Nous pouvons partir. Pourquoi pas tout de suite ?

Farahiano et Meremaana rigolèrent de l'enthousiasme un peu puéril de mon ami.

– Doucement. On n'a pas la possibilité de le faire ainsi. Il faut partir très tôt le matin, car la route est longue et il vaut mieux ne pas accomplir le voyage de nuit.

Meremaana prit du relais.

– Il faut aussi connaître la météo, car la mer peut être très rude par ici, préparer des repas, de l'eau, vérifier encore le moteur. Non, on ne peut pas faire un voyage comme ça !

Il claqua des doigts. La patronne ajouta avec un sourire avenant :

– Et puis, vous ne désirez tout de même pas me fausser compagnie ainsi ? Nous nous connaissons à peine et déjà vous souhaitez me quitter ?

Non, non, moi je voulais demeurer à ses côtés pour le restant de ma vie, je ne cherchais pas à partir, du moins, le plus tard possible.

– Vous n'êtes pas bien ici ?

Si, j'étais très bien, je sentais son parfum, un mélange floral discret qui, heureusement, venait couvrir subtilement l'odeur pestilentielle de son moteur diesel.

Steve, gêné, sautilla d'un pied sur l'autre.

– Eh bien, ce n'est pas ça, mais nous devons…

J'en rajoutai en protestant vigoureusement.

– Si, si ! Nous reviendrons tout de suite après avoir retrouvé la maman.

Et Meremaana nous départagea.

– De toute façon, il n'est pas possible de partir aujourd'hui, c'est trop tard. Et demain… je ne sais pas, il faut que l'on regarde la météo. On ne peut pas s'en aller si la mer est trop mauvaise, on ne pourrait accoster.

Farahiano rit bruyamment.

– Et voilà qui règle définitivement la question.

HOMÉLIE

Jésus crucifié ! Prosternés à Vos pieds, nous, pestiférés, Vous offrons les Larmes de Sang de Celle qui Vous a accompagné pendant Votre si douloureux Chemin de Croix avec un tendre et compatissant Amour. Faites, Ô Bon Maître, que nous prenions à cœur les enseignements tirés des Larmes de Sang de Votre Très Sainte Mère, afin qu'accomplissant Votre Sainte Volonté sur Terre, nous puissions Vous louer et Vous glorifier au Ciel pendant toute l'éternité. Amen !

À la place du Notre Père, ainsi que sur les 3 derniers grains, Ô Jésus, regardez les larmes de Celle qui Vous a le plus aimé sur Terre et qui au Ciel Vous aime le plus tendrement.

Moi, descendant en droite ligne de Hiro, du Dieu-Héros, et des Arii-rahi par mon aïeul illustre et glorieux, issu de la grande lignée royale des Pomaré, j'ai accepté la mission que l'on m'a confiée.

Nous avons été reçus dans les îles comme il se doit, avec tous les honneurs dus à notre rang ; colliers de fleurs, vêtements traditionnels, les chants des femmes, la couronne de chef, le pèlerinage sur le mont APU.

Immédiatement après un de mes prêches, l'inquisition a débuté ; le combat pour le bien commençait. Nous avons fait allumer un très grand feu avec le bois rituel pour extirper le diable de l'île. Comprenant que nos intentions étaient sérieuses, déterminées, pugnaces, celui-ci – qui ? – essaya par tous les moyens de nous détourner de notre combat, de nous altérer.

Mais on ne corrompt pas ainsi les forces du bien.

L'élue s'est comportée comme elle le devait. Moi, descendant en droite ligne de Hiro, du Dieu-Héros, et des Arii-rahi par mon aïeul illustre et glorieux, issu de la grande lignée royale des Pomaré, j'ai été fière d'elle ! Nous étions liés par les dieux, de simples intermédiaires nécessaires à la grande révolution qui s'annonçait.

Un jour, à la cantine, un postier qui faisait le malin lui renversa le plateau avec de la purée brûlante sur le pied. Petit à petit les rires fusèrent jusqu'à se généraliser. Les gens la montrèrent du doigt, pris d'un fou rire, hystériques. Elle sembla paralysée, regarda tout d'abord ses pieds nus ; elle n'avait jamais accepté d'enfiler de chaussures, qui l'auraient sociabilisée. De la purée était tombée entre ses orteils… et puis elle leva la tête, tout doucement, elle regarda la foule qui la moquait, et une colère monta, monta…

Les avertissements avaient été nombreux et variés. J'avais essayé de rebaptiser sans force ceux qui avaient signé un pacte fou avec le Diable. Dans le lagon, la foule des justes de mon côté, les avait poussés à renoncer. La tête immergée, ils avaient dû réciter plusieurs « Pater » et des « Je vous salue Marie » ! Hélas, ça n'avait pas fonctionné. Le

Malin était toujours là, je l'apercevais, la bave aux lèvres, ricanant dans le noir, bien à l'abri dans les pauvres âmes perdues. Nous leur avons fait porter l'aube immaculée jusqu'au sommet de la montagne, en signe de pénitence, les pieds nus comme il se doit, sur des pentes de silex. Ensanglantés, à demi noyés, ils n'avaient pas cédé. Nous leur avons alors infligé des coups de verges et remplacé ces dernières par des orties, puis finalement par des fils de fer barbelés. Le dos en charpie, ils ne voulurent pas abandonner leur ignoble commerce avec le diable. Nous avons ajouté à leurs plaies du gros sel pour qu'ils sentent bien la force de notre détermination.

Mais rien n'y fit, ils voulurent persévérer dans leurs erreurs.

Alors il y eut le feu !

Ces prédictions quelque peu pessimistes avaient bien failli se réaliser, nous restâmes à Rapa Iti presque trois semaines. En effet, dès le lendemain, une série de tempêtes secoua la petite île. De ma fenêtre, j'assistai à des spectacles réellement extraordinaires. Ça commença par un vent fort qui balaya les arbres et secoua les maisons. Heureusement, les architectes locaux avaient l'habitude des éléments déchaînés dans cette partie du monde où les habitations étaient solidement ancrées à la terre. Mais tout de même, j'eus de belles frayeurs. Surtout quand, après le vent fort, arrivèrent les tempêtes, avec des éclairs de fin du monde et des trombes d'eau telles, qu'elles occultaient la vue dans la baie. La mer elle-même, frappait avec rage et détermination de ses grandes vagues noires, le quai qui semblait pourtant immortel. Elle triturait les arbres du rivage et les algues des profondeurs marines. Pendant la période du vent, venant principalement du Sud, nous circulions tout de même sur l'îlot, en faisant un peu gaffe de ne pas nous prendre les pieds dans une branche arrachée. Mais nous dûmes nous équiper de coupe-vent et même de pulls car il commençait à cailler. Heureusement, l'épicier était pourvu en vêtements chauds ; nous possédions maintenant des tenues que les pêcheurs bretons nous auraient enviées. Nous avons ainsi pu visiter les Pa, des forts construits par les anciens, du temps ou Rapa était grande ! À cette époque, Rapa s'appelait toujours Oparo, l'île aux Pare, des espèces de citadelles en pierres, il y en avait encore pas mal sur les hauteurs.

À l'aide de vélos appartenant à la pension, nous allâmes partout. Quand le vent chassait les nuages et que le soleil était là, ce dernier chauffait vite et l'on se retrouvait en nage sur nos vélos. L'île était relativement grande, elle avait une superficie de quarante kilomètres carrés. S'étendant sur les flancs d'un ancien volcan, la montagne Perau, haute de 680 mètres, en dominait deux autres : le mont Tautautu et le mont Pukumaru, beaucoup plus petits. Nous croisions souvent des biquettes au poil marron foncé. Elles étaient tout aussi curieuses que les chèvres provençales du Rove. Enfant, en revenant du cabanon que nous possédions à Bonieux, juste après le village de Carro nous nous arrêtions dans ce village provençal qui jouxte Marseille pour y acheter ces petits fromages oblongs qui font la renommée du coin. C'était la bergère qui nous servait de ses doigts tordus par l'arthrite et nous en profitions pour caresser les biquettes qui nous léchaient les mains ; elles devaient encore sentir la mer. Les chèvres aux cornes tordues qui produisaient le lait pour ces brousses étaient exceptionnelles, la légende racontait qu'elles seraient venues avec le premier Grec ayant mis le pied à Massillia, en -600 et des broutilles, les chèvres étaient toujours là.

Les habitants de Rapa étaient proches des Provençaux, ils étaient curieux et posaient éternellement les mêmes questions : étions-nous mariés, avions-nous des enfants, quel métier exercions-nous, pourquoi étions-nous venus ici ? Comme les cabrettes du Rove, ils ne voyaient pas souvent de touristes.

Faut dire que Rapa ne s'y prêtait pas beaucoup. Elle restait une île sauvage et peu fréquentée. Le fait que l'on soit bloqué ici semblait ravir notre hôtesse qui, avec Meremaana et la cuisinière Nora, une dame qui riait sans arrêt, rivalisait d'idées de repas divers et variés. Ils inventaient des plats à partir de la cuisine traditionnelle et nous leur servions de cobayes. La plupart du temps, c'était bon, du moins satisfaisant. Ainsi, ça ne me dérangeait pas d'être un rat de laboratoire ! Et s'il ne s'était agi que de moi, la situation m'aurait parfaitement convenu. La relation que j'entretenais avec Farahiano évoluait doucettement vers un dénouement que j'espérais heureux.

Dès le premier jour, je mis cartes sur table. Oh, je ne dis rien, pas encore, mais mon regard, ma façon d'être avec elle, ne trompaient personne. Je n'avais pas envers elle un comportement de copain, mais celui d'un amoureux. La jeune femme semblait apprécier de plus en plus ma présence. Je ne brusquais rien. J'avais le sentiment que si je me déclarais tout de suite, elle fuirait, je perdrais alors toute chance d'arriver à mes fins. Évidemment, je me posais la question.

Qu'est-ce que je voulais réellement ?

Une amourette, le temps que l'on retrouve la maman de mon ami ? Et ensuite, reprendre le bateau dans l'autre sens ? Ou alors quoi ?

Farahiano devait penser pareil : « Qu'est-ce qu'il désire ? Jusqu'où veut-il ou peut-il aller ? »

Pour être honnête, je l'ignorais. J'avais peur de parler et étais emporté par mon désir de prononcer des mots définitifs, des promesses que je ne tiendrais peut-être pas. Je savais très bien qu'elle ne voudrait pas partir de son paradis. Alors ?

C'est à ce moment de mes cogitations que survint un incident extraordinaire. En croisant la fille de John, je lui parlai de sa tante. J'aurais aimé rencontrer à nouveau cette prophétesse.

– Ma tante ?

Elle me regarda, manifestement très surprise.

– Oui, un prénom à rallonge.

– Ohotunuipuahanoheani ?

– Oui, ce doit être ça.

– On t'a fait une farce, Aldo, ma tante est morte depuis dix ans maintenant.

– Hein ? Tu es sûre ?

À son regard, je compris qu'elle ne mentait pas, ce n'était pas une farce.

– Une farce ?

Plutôt de mauvais goût. J'avais encore le souvenir très net de ce qu'elle m'avait dit, de la trouille qu'elle m'avait foutue. J'en parlai à notre hôtesse, qui fut du même avis que la jeune fille : on m'avait fait une mauvaise blague.

Quelle drôle d'idée !

En attendant, le paradis de ma muse était très humide et, matin après matin, la baie nous offrait toujours le même univers… mouillé. Si j'étais content de la situation, qui me permettait de rester en contact journalier avec mon amoureuse, il n'en était pas de même pour Steve, qui soupirait comme une âme en peine.

– Il pleut ! Ça ne s'achèvera donc jamais ?

Meremaana rigola.

– Courage, je n'ai jamais vu tomber la pluie sans discontinuer plus d'un mois ! Trois semaines, et ça va s'arrêter.

Nouveau soupir.

Apparition de ma déesse. C'était le petit matin, nous en étions à déguster le fameux café de Rapa.

– Lo orana mes amis et clients.

– Bonjour Farahiano. Il y a un angoissé sur le pont !

Du pouce, Meremaana désigna Steve, qui sourit faiblement.

– Ton employé veut nous faire manger de la laitue.

– C'est bon, la salade, pour le teint, et ça rend les fesses roses ! le charria Meremaana qui en regardant la baie, s'exclama :

– Un bateau !

Nos regards se portèrent alors sur un énorme yacht qui, malgré la pluie, avait réussi à jeter l'ancre au port. Il déploya un drapeau américain.

– Nous allons peut-être avoir des clients pour le restaurant. Heureusement, j'ai fait le plein de bière.

Farahiano demanda au Marquisien de lui apporter les grosses jumelles accrochées à un clou, que j'avais par ailleurs souvent utilisées pour suivre les allées et venues des habitants, ainsi que bien sûr, les apparitions quotidiennes des baleines avec leur baleineau ; elles se montraient pour accoucher dans les parages, à quelques encablures de la côte. L'apparition brutale du bébé baleine était un spectacle formidable, je ne m'en lassais pas.

La jeune femme colla ses yeux aux lunettes grossissantes. Elle resta ainsi un bon moment, à observer le bateau. C'était un très gros yacht à quatre étages visibles. On apercevait même un hélicoptère avec ses pales repliées, sur le pont supérieur. Le navire était blanc avec deux bandes bleues parallèles. Le commandant avait ancré son bâtiment dans les ondes agitées de la baie. On voyait que les hommes d'équipage mettaient à l'eau une embarcation pour venir à terre. Farahiano tout à coup tressaillit. Elle ne dit rien, mais resta très attentive à ce qu'elle voyait. La pluie continuait à fouetter la terrasse devant nous. Je perçus chez elle une tension qui n'existait pas auparavant, et mis ça sur le compte des nouveaux arrivants.

– Meremaana ?

À sa voix, je sentis une grande émotion. Elle qui était toujours dans la douceur et le respect de ses employés, qu'elle traitait comme des amis, avait le ton coupant comme un rasoir.

– Oui, qu'y a-t-il ?

– À ton avis, combien de matelots sur ce bateau ?

Il siffla.

– Je ne sais pas, mais au minimum une trentaine de personnes, pour entretenir un tel monstre ! Sans compter les passagers !

– Une trentaine, hein ?

Tout en continuant à regarder attentivement le bateau, elle réfléchissait. Puis, elle laissa tomber :

– Bon, d'accord.

Elle prit une résolution définitive :

– Meremaana, la pluie a assez duré, on lève l'ancre.

Nous sursautâmes tous trois.

– Quoi ?

Elle était déterminée.

– Nous partons tout de suite, on s'arrangera avec le temps, je sais de quoi tu es capable. Va t'occuper du poti marara, vas-y à vélo ; je vais demander à Miss Hauata de le récupérer et de garder la pension.

Elle se tourna vers nous.

– C'est elle qui s'en occupe quand je ne suis pas là. Préparez vos affaires ; prenez l'essentiel, surtout pour vous protéger de la pluie. Nous partons dans dix minutes, un quart d'heure maximum.

– Mais… tu viens avec nous ?

Elle opina.

– C'est le privilège d'être son propre patron, on se met en chemin quand on veut. Dépêchez-vous ! Je vous attends dans cinq minutes en bas !

Nous fûmes tous deux ravis. Steve, parce que l'on partait enfin et moi, parce que la plus belle nous accompagnait. Je râlai pour le principe.

– On a commencé à 15 minutes et on finit à cinq ! Elle ne sait pas compter, la patronne. Je crois qu'on a tout intérêt à recompter notre addition.

Notre addition, que l'on ne nous avait pas demandé de payer d'ailleurs. Nous n'avions presque rien et nos bagages furent rangés en un tour de main. Je pensais qu'il nous avait fallu pour cela moins de cinq minutes, mais cela n'empêcha pas Farahiano de klaxonner vigoureusement. Elle était déjà dans le 4X4, moteur allumé, la voiture bizarrement orientée vers la montagne.

– Vite !

Nous n'avions même pas fini de mettre les pieds dans l'habitacle, qu'elle démarra sur les chapeaux de roues.

– Holà !

Elle engagea l'antique véhicule vers l'arrière de la maison ; nous longeâmes la falaise pendant un long moment. Je serrais les fesses, et ne comprenais pas où elle dirigeait l'antique bagnole. Steve n'en menait pas large non plus. Je ne demandai rien, ne fis aucun commentaire, car la jeune femme savait manifestement ce qu'elle faisait. De plus, avec le bruit du véhicule, même en criant, personne ne m'aurait entendu. Je me crispai en regardant Farahiano, car, au bout du chemin que nous suivions, se trouvait de nouveau la falaise.

– Mais…

Elle fonçait droit devant, en mettant toute la puissance du moteur qui protestait avec force. Tout à coup, nous quittâmes la terre ferme et accomplîmes un joli bond en avant qui nous fit atterrir de l'autre côté, évitant de justesse une faille qui nous aurait conduits inévitablement à la mort. En bas, la mer sembla déçue de ne pas nous voir dévaler la falaise abrupte.

– Bravo !

J'applaudis, mais pas longtemps, car la course reprit de plus belle ; nous n'étions pas encore sortis de la galère. Ce semblant de chemin descendait maintenant à pic, et je savais d'expérience qu'il n'y avait aucun frein sur ce tas de boue. Le 4X4 prit de la vitesse au fur et à mesure que nous approchions du rivage, que je voyais déjà dans le nez du capot, et la conductrice paraissait ne donner aucun signe de ralentissement. J'aperçus de façon fugace Meremaana qui faisait signe de la main, il venait de mettre le moteur de son bateau en marche et nous regardait arriver sans crainte. Le rivage apparut soudain tout proche. Farahiano pesa de tout son poids sur le volant pour orienter la voiture vers la gauche. Grinçant, toussant, le véhicule se redressa et finit fort heureusement sa course folle sur un talus de terre miraculeusement placé là. Nous restâmes sans bouger, encore éberlués par la descente. La conductrice sauta au sol et frappa le toit du Range Rover du plat de la main pour nous faire sortir de l'ébahissement, proche de la fascination, qui nous paralysait.

– Ho les gars ! Faut bouger !

Heureusement le temps était avec nous. La pluie s'était très momentanément arrêtée.

– Putain, qu'elle course ! Tu pourrais faire aisément des cross !

Manifestement, la jeune femme avait envie d'éviter quelqu'un. Bien évidemment, elle ne me confia rien, j'avais l'habitude, mais je n'avais pas dit mon dernier mot. Elle botta en touche en souriant.

– J'ai préféré prendre un raccourci.

– J'ai vu. Mais j'ai failli mourir de peur. La prochaine fois…

Je ne pus finir mes recommandations, Meremaana nous pressa.

– Allez, embarquons ! Profitons de l'accalmie !

Le bateau était plus grand que je ne croyais, vu d'en haut. La coque était peinte en vert clair, avec un dessin tahitien : trois lanières jaune, rouge et noire, qui s'entrecroisaient. Mais l'intérieur était d'un bel orange. Le Reva II.

On sentait bien l'organisation obsessionnelle du marin. Tout était à sa place, sans objet inutile. Le poste de commandement était en hauteur, complètement à l'avant. Meremaana attrapa nos maigres bagages et les arrangea dans la minuscule cabine sous le poste de pilotage. Dès que nous fûmes installés, tous trois sagement assis sur la banquette arrière, en contrebas, il nous mit en garde.

– Tenez-vous bien, ça secoue !

Puis Meremaana balança les gaz. Je compris alors pourquoi une poignée de métal était solidement vissée au platbord devant nous. Le bateau se cabra en rugissant. Nous sautions sur la mer ; si nous n'avions pas été agrippés à cette barre, nous serions partis directement à l'eau. Nous étions brinquebalés sur la flotte et encore, nous étions dans la baie ; je craignais le pire en pleine mer. Décidément, que ce soit dans le 4X4 de Farahiano ou dans le poti marara de Meremaana, nous étions comme dans une auto tamponneuse, ou dans une centrifugeuse en folie. Le fameux raccourci que nous avait fait prendre la jeune femme, nous avait permis d'éviter le port, nous n'avions donc plus qu'une image fragmentée du yacht. Nous n'apercevions que le haut du bâtiment avec un bout de l'hélicoptère.

Évidemment, j'avais malheureusement raison. Dès que nous ne fûmes plus protégés par le calme relatif de la baie, la course devint alors vraiment sportive. Nous fûmes secoués en tous sens, il fallut s'accrocher avec force au bateau. Manifestement, Meremaana assurait ; il dirigeait son embarcation avec une grande souplesse et nous permettait de ne pas trop souffrir des sauts de vague en vague. Le vent fouettait le haut des lames et nous en recevions une partie sur la figure. Heureusement, nous avions revêtu sur nous ciré et bottes, ce qui avait pour avantage de nous laisser le reste au sec. La houle semblait parfois nous écraser mais, grâce à l'habileté de notre capitaine, ce n'était jamais le cas, nous surfions le plus souvent sur le haut. C'était très impressionnant car certaines vagues mesuraient bien dix mètres. Heureusement nous ne nous trouvions jamais dans le creux !

Les montagnes russes durèrent environ deux bonnes heures, puis la mer se calma brusquement, le ciel se dégagea et un soleil timide apparut alors. Le Marquisien se tourna vers nous, il était hilare.

– C'est fini ! Super ! Je crois que nous allons pêcher.

J'étais moulu, j'avais mal partout. Je n'étais pas seul, nous nous étirions avec ravissement. Pendant la séance de tape-cul, Farahiano était entre Steve et moi, tout naturellement, nous avions placé la jeune femme en sécurité entre nous deux. J'avais eu la joie de sentir son corps ballotter contre le mien. Au début je fus tenté de lui passer un bras protecteur autour de la taille, mais dès la sortie de la baie j'avais compris que cela n'était pas réaliste : il me fallait bien mes deux mains pour m'accrocher au bateau. Mon ami protesta, la partie de pêche ne le tentait guère, il avait hâte d'apercevoir l'île où il était né. Farahiano lui répondit.

– Nous ne sommes pas pressés. Et puis, le capitaine est le seul maître à bord.

Ce dernier était bien évidemment d'accord.

– C'est bien vrai !

– Et je lui fais entièrement confiance. Il connaît son travail, on arrivera bien à temps. S'il dit qu'on doit pêcher, on pêche, point. Nous ne sommes tout de même pas à une heure près !

Nous laissâmes donc Meremaana n'en faire qu'à sa tête ; pêcher ? Pourquoi pas ? Il scruta l'horizon.

– Que fait-il ?

– Il cherche des oiseaux.

– Des oiseaux ? Je croyais qu'on s'attaquait aux poissons…

Sourire entendu.

– Une race de volatile particulier. Ils suivent les mahi mahi[1] ; c'est grâce à eux qu'on peut découvrir les poissons. Dès qu'un pêcheur repère ce type d'oiseaux rassemblés, ça veut dire que dessous, il y a des mahi mahi.

– C'est bon, le mahi mahi ?

– Hum… C'est un mets de roi, recherché pour sa chair ferme, goûteuse, avec très peu d'arêtes.

Meremaana prit le temps d'arrêter le moteur. Il installa près de lui un harpon trident solide. Les extrémités étaient en métal alors que le reste de l'outil était en bois. Il prit les jumelles accrochées à son cou et observa avec attention ce qui se passait sur la mer en faisant un panorama lent.

Il se remit à pleuvoir, doucettement. Plic ploc, plic ploc. Steve bouillait. La jeune femme caressa son dos d'une main apaisante.

– Allons ! Ne t'inquiète pas, il va juste attraper un poisson et après, c'est promis, on repart.

Je fus très jaloux de ce geste tendre. Depuis notre départ, la jeune femme paraissait absente par instants. Elle restait plongée dans ses pensées qui ne semblaient pas joyeuses.

Tout à coup, notre pêcheur sursauta.

---

1. Dorade coryphène ou Coryphaena Hippurus vient du Grec Kopuaiva : qui porte un casque

– Là !

Il nous désigna une direction à l'horizon ; pour moi, il n'y avait rien, je ne voyais que la mer, partout. Mais lui avait trouvé sa proie ; il mit brutalement les gaz, le moulin rugit, le bateau se cabra, nous fûmes poussés par la puissance du moteur. Nous étions donc repartis tambour battant, à la poursuite d'un poisson !

D'une main, Meremaana tenait le manche à balai qui lui permettait de diriger fermement et finement le bateau ; au doigt et à l'œil, jamais cette expression n'avait été aussi juste. Alors, évidemment, nous fûmes baladés de droite et de gauche, à certains moments, je sentais à nouveau contre moi le corps chaud de la brunette, ce n'était vraiment pas désagréable. Je ne savais si je fantasmais, mais j'avais l'impression qu'elle prenait bien son temps pour me repousser. Aimait-elle se coller à moi ? Je ne pus empêcher mon sexe de réagir dans mon pantalon, il faisait ce qu'il voulait, c'était un peu gênant.

Vive la pêche ! cria mon amoureuse.

– Mahi mahi !

Elle me montra un éclair, à la surface de l'eau, une fulguration colorée que suivait notre capitaine ; il était magnifique ainsi ; un vrai héros polynésien des temps anciens, une main sur le manche à balai, l'autre fermement agrippée au harpon acéré, l'œil aux aguets, les muscles tendus. Tout à coup, son bras se détendit et avec un « Han ! » viril, il expédia son arme qui fila dans l'eau. Immédiatement, l'embarcation stoppa sa course folle, le moteur se mit à ronronner, pendant que la corde qui reliait le harpon au bateau se déroulait rapidement. Nous nous levâmes tous les trois pour observer la scène. Meremaana, fièrement, tirait sur la corde, avec, au bout, un gros poisson aux couleurs très vives, bleu, vert métallisé, avec des bandes dorées en dessous.

– Je t'ai eu, le caméléon[1] !

Il sortit un très beau spécimen d'une trentaine de kilos à vue de nez, avec une grosse bosse sur le front.

– C'est un mâle.

L'animal se débattit avec force jusqu'à ce que Meremaana lui assène, à l'aide d'un gourdin, un violent coup qui l'assomma. Ensuite, il le vida méticuleusement et jeta les abats à la mer. Il le découpa soigneusement en filets, qu'il entreposa dans une glacière, à l'avant, dans la sentine.

– On va se régaler !

Coup d'œil à ma montre, ouais, mon ventre avait raison.

– C'est midi !

– Bon, alors on mange. Je vais faire le mahi mahi comme le préparait ma grand-mère, là-bas, au pays. Tiens Farahiano, passe-moi le sac en plastique dans la glacière.

1. Le mahi mahi est parfois surnommé poisson caméléon en raison de ses facultés à changer de couleur pratiquement dans l'instant.

Il sortit un saladier en verre. Puis il découpa soigneusement des lanières du poisson, qu'il réduisit après en petits rectangles. Enfin, il pressa dessus deux citrons verts extrêmement juteux.

– J'en ai toujours sur le bateau !

Ensuite il éminça quelques oignons pays. En sortant une noix de coco, il nous déclara, tout content :

– Celle-là, elle vient de Raivavae.

Il perça deux trous dedans, puis nous la passa à tour de rôle pour que l'on puisse se désaltérer. Le goût était doux et ne ressemblait en rien à ce que j'avais pu boire dans ma vie. Avec une machette, il cassa la noix en deux et en recueillit la chair en la grattant à l'aide d'un outil rond, hérissé de pointes. La pulpe râpée fut alors pressée à l'aide d'un tissu propre. Il en sortit un jus blanc, le lait de coco, qu'il ajouta au poisson.

– Et voilà ! À table !

Nous nous installâmes comme nous pouvions et prélevâmes les petits cubes de poisson, en alternant avec du tarot froid, qu'il avait judicieusement emporté cuit, en prévision d'un repas en mer. Bien évidemment, pour moi, c'était encore bien meilleur que celui que nous avions goûté à Papeete ou sur le bateau. Le tarot était cuit, mais restait ferme. Je félicitai le cuisinier pour sa technique.

– Faut remercier ma grand-mère, c'est elle qui m'a tout appris.

– Merci mémé Meremaana !

Pour faire passer, nous bûmes gloutonnement la Hinano. Nous achevâmes le saladier, tant c'était bon.

– C'est dommage que nous n'ayons pas de dessert, avec un repas comme celui-là !

– Pas de dessert ? Mais bien sûr que si, nous avons une douceur. Spécial Rapa ! Salade de fraises avec un sirop de mûres. J'ai fait un tour en cuisine avant de partir, je savais bien que ce ne serait pas inutile. Vous allez voir ça, vous allez m'en dire des nouvelles !

Effectivement, nous nous léchâmes les babines. Je savais qu'à Rapa, ça existait car j'en avais vu chez l'épicier, mais je ne pensais pas que sur le bateau… D'autant plus que nous étions partis sans prévenir. Comme je m'en étonnais, Farahiano m'expliqua avec un sourire :

– Meremaana n'est jamais pris au dépourvu. C'est un homme précieux.

– C'est le moment où je dois demander une augmentation, non ?

Tout le monde rit.

Je me rendis compte alors que, jusqu'à présent, nous n'avions pas sorti un kopeck, et comme nous étions partis sans rien préparer… Je me tournai vers Farahiano.

– En parlant d'argent… Il faudrait tout de même que nous soyons informés combien ces folies vont nous coûter ?

Elle me regarda comme si elle ne savait pas de quoi je parlais. Et d'un coup, elle comprit à son tour.

– Oh, ça ! Ne t'en fais pas, on se débrouillera toujours. On s'arrange tout le temps avec moi. Peut-être que je vais te demander de payer en nature !

Avec un regard coquin qui déclencha une rougeur subite sur mes joues et qui fit marrer tout le monde. Bon Dieu, suis-je aussi transparent ? J'avais l'impression qu'elle voyait en moi et qu'elle en jouait. Et la question d'argent resta en suspens. Ça ne me rassura pas du tout, l'absence de réponse me laissa dans le flou. J'en pris mon parti, on « s'arrangerait ».

Nous fîmes un peu de vaisselle, nous rangeâmes le poti marara, Meremaana nettoya consciencieusement toutes les pièces.

Enfin, nous repartîmes.

La pluie continua doucettement, mais comme nous avancions à bonne allure, elle nous frappait tout de même le visage et nous empêchait de bien distinguer l'horizon. Je ne savais pas comment notre navigateur faisait. Question d'habitude ?

Cela faisait une petite heure que le ciel s'était couvert et dix bonnes minutes qu'il avait commencé à bruiner. Le capitaine venait de baisser le régime du moteur, jusqu'à l'arrêter complètement. Devant nous, une masse grise dense, semblait nous barrer le passage.

– Qu'est-ce que c'est ?

– Du brouillard. Classique, pour la saison et la région. Je pensais qu'on pourrait l'éviter, mais malheureusement…

Nous avançâmes au pas jusqu'au début de la bruine. C'était curieux, comme une muraille solide. Nous entrâmes dans le mur et aussitôt, nous fûmes perdus. Meremaana jura et fit demi-tour. Il s'éloigna du nuage de quelques dizaines de mètres, puis stoppa le moteur.

– Coincés ! Il faut attendre que le vent chasse tout ça. Je ne peux pas naviguer dans cette mélasse. Surtout dans le coin, il y a quelques hauts-fonds très dangereux. Heureusement il n'y a aucun courant, nous n'allons pas bouger.

Mon copain semblait bien malheureux.

– Nous allons rester ici ?

– J'en ai peur, mais ça ne va pas durer. Enfin j'espère. Je n'ai pas souvent vu ce phénomène dans la région.

Nous nous regardâmes.

– Qu'est-ce que nous allons faire ?

Farahiano soupira.

– Attendre.

Que pouvait-on faire ainsi en pleine mer, espérant patiemment que le vent se lève ? Comme j'avais des dispositions de conteur et qu'il fallait bien passer le temps, je leur narrai l'aventure de mon ancêtre Rigobert Sigismond qui m'avait appris à jouer aux échecs, enfant, et qui avait été le mécanicien aviateur de Philippe Leclerc de Hauteclocque, le célèbre militaire français. Mon arrière-arrière grand-oncle ne supportait pas les injonctions de la police et je me souvenais qu'une fois il avait été ramené par les forces de l'ordre car il avait l'habitude de prendre les autoroutes à l'envers avec son solex. Tout ça, parce qu'il considérait que c'était un raccourci. L'ancien militaire portait beau, les femmes l'aimaient et il leur cédait facilement. À son enterrement, La famille s'était aperçue, stupéfaite, qu'il était bigame, car deux épouses avec famille revendiquaient son nom, qu'elles avaient acquis en toute légitimité dans des pays différents. Je racontais ces anecdotes familiales en essayant d'être le plus léger possible, pour chasser l'angoisse et le spleen qui paraissait nous saisir tous. Meremaana prit alors la relève et nous conta des aventures tragicomiques arrivées aux dieux qui peuplent l'histoire des Polynésiens. Il y avait des princesses, des couronnes de fleurs, un roi, des fiancés et évidemment, des dieux anciens.

Sa façon de raconter était prenante, il jouait l'histoire, ce qui nous amenait à suivre les péripéties avec attention. Mais il m'intriguait, je savais qu'il est un très bon pêcheur, et pour avoir discuté avec lui, que sa plus grosse prise est un Ha'urepe[1] de 180 kg. Je savais qu'il avait, aussi, exercé le métier de tatoueur quand il vivait encore aux Marquises. D'ailleurs il était lui-même gravé sur tout le corps, de cet

1. Espadon à voile

alphabet mystérieux dont la signification apparaissait au détour d'un dessin représentant une élégante raie Manta ou d'une tortue. Mais le plus souvent l'œuvre ne pouvait être décryptée que par l'artiste qui l'avait créée et par celui qui la portait ; elle racontait des exploits réels et imaginaires de celui-ci ou d'un de ses ancêtres. Le tout, entrecoupé de pointes de harpons, de vagues courtes stylisées, d'arbres, d'écailles de tortue, de fleurs, de feuilles… qui n'étaient en définitive que la représentation d'un dieu ancien.

Le Marquisien s'intéressait également aux plantes, je l'avais vu faire des boutures de façon très originale : il enfonçait ses greffons dans des bananes mûres. Ceux-ci se développaient ainsi de façon immanquablement jusqu'à être mis en pleine terre. Faut dire que celle de Rapa était particulièrement riche, tout y poussait. Le Marquisien était arrivé dans l'île comme géomètre, métier qu'il avait appris à Papeete. Il devait retrouver des anciennes bornes pour le village, le client était Rapa. Car la terre dans cette île appartenait aux habitants, il n'y avait pas de propriété privée. Ce métier l'avait mené dans tous les archipels, dans toutes les îles ; il avait vu les hommes se déchirer pour quelques mètres de terrain. Le système communautaire à Rapa lui avait plu, il avait décidé de rester. Farahiano cherchait un homme à tout faire, un malin, alors, il s'était proposé. Mais ce qui m'intriguait chez lui étaient ses trous aux oreilles. Au début du mois, un Marquisien s'était arrêté à Rapa. Il naviguait avec une famille d'Américains en tant que capitaine et guide. J'avais discuté avec lui de leur voyage, au port, chez l'épicier. Mais dès qu'il avait aperçu Meremaana qui passait à vélo, il s'était interrompu et avait blêmi.

– Qui c'est celui-là ?

Il avait le regard fixé sur ses oreilles et m'avait demandé qui il était.

– C'est un Marquisien.

– Il vient de quelle île ?

– De Nuku Hiva.

– Oui, c'est ça ! Quel est son nom Marquisien ?

– Meremaana.

Le visage de l'homme, un gaillard de plus de cent kilos, s'était détendu.

– Je le savais ! On m'avait bien dit qu'il était petit, mais… Mais je le voyais plus grand tout de même !

Et ce fut sur ces mots mystérieux qu'il me quitta brusquement, appelé par son patron. Son comportement devant le Marquisien, ses paroles énigmatiques, m'avaient intrigué. Je demandai donc à Meremaana les raisons de ses trous aux oreilles. Il me sourit et se caressa le lobe de la main droite.

– Ah ça…

Il resta un long moment silencieux.

– En fait, les lobes d'oreilles troués sont le signe du chasseur, chez les Marquisiens. Un lobe percé signifie que l'on a vu l'animal, les deux, c'est qu'on l'a tué.

– Parce que tu es également chasseur ?

– Oui.

Je me souvenais de la stupéfaction de l'homme chez l'épicier. Il y avait indistinctement dans son regard du respect et de l'admiration pour ce voyou des îles.

– Mais tu es connu comme chasseur ?

– Oui, tu n'imagines pas à quel point. On a découvert mon exploit dans toutes les Marquises, c'est un peu pour cela que je suis parti à Papeete faire le géomètre.

Depuis tout petit il avait appris à traquer le pua'à ôviri[1]. Celui-ci pullulait sur l'île de Nuku Hiva, où il avait été introduit par les premiers Polynésiens.

– Je suis né pêcheur, en hommage à mon grand-père. Mon placenta a été placé dans un bénitier et enterré dans le jardin, devant l'océan. Mon nom, Meremaana veut dire « amour de la mer ». J'ai été élevé par mes grands-parents comme cela se fait souvent dans les familles. Quand il n'y avait pas école, les jeudis, samedis et dimanches, on allait au fenua pour travailler aux légumes. Mais moi, comme j'étais un garçon, j'allais pêcher avec mon grand-père. C'était un grand pêcheur. Mais Souvent, avec d'autres gamins de mon âge, quand on avait le temps, on allait chasser le cochon. Ils choisissaient des marcassins qu'ils réussissaient à isoler de la compagnie, des petits, souvent abandonnés de la

1. Cochon

maia'a pua'ôviri[1], car malades. J'avais un ami avec qui je passais toutes mes journées libres. Nous parcourions les montagnes, nous pêchions ensemble, nous attrapions les chevaux à l'aide de pièges simples et efficaces… Des lassos posés sur leurs lieux de passages ; après, il fallait briser leur résistance pour pouvoir les monter. Et puis, nous chassions les pua'à ôviri. Nous n'avions peur de rien, allant même jusqu'à grimper jusqu'au mont Tekao qui culmine à 1 224 mètres.

Un jour, cet ami, Vincent, était parti tout seul, Meremaana devant aider sa grand-mère à trier les amandes de Tamanu pour faire, une fois l'an, de l'huile sacrée que l'on utilisait sur la peau. La journée passa ; ne voyant pas revenir son ami, le jeune Marquisien, il n'avait pas vingt piges, décida d'aller le chercher. Il le trouva sur un arbre, une flaque rouge en dessous de lui. Il le descendit à terre, il avait la jambe déchirée sur toute la longueur. Il avait beaucoup perdu de sang ; il lui fit un garrot et le chargea sur son dos. Arrivé au village, il le conduisit au dispensaire où le médecin lui recousit la jambe. Son ami s'en sortirait, il ne ferait plus de balade en montagne, mais il vivrait.

– Dès qu'il a pu parler, je lui ai demandé ce qui lui était arrivé.

1. Laie

Vincent était traumatisé. Il lui raconta qu'il avait été pris en chasse par un cochon tellement gros qu'il n'en avait jamais vu de tels.

– Un vieux solitaire formidable, avec une hure énorme et des yeux rouges. C'était le diable ! J'ai réussi à lui échapper et à grimper sur l'arbre, mais une de mes jambes traînait, alors… avec ses défenses…

Il lui expliqua où était son abri. Le Marquisien prit la décision de venger son ami d'enfance.

– Non, ne fais pas ça, c'est un phénomène, c'est le diable !

Mais il y avait en lui de la colère.

Alors il tailla une lance et se mit en route. Le monstre ne fut pas difficile à trouver avec les indications précises données par son ami. L'énorme sanglier s'était installé dans une grotte. Vincent avait raison, c'était un vrai monstre ; la hure triangulaire était féroce, les yeux injectés de sang. Ses défenses étaient énormes, recourbées au-dessus du groin. Les canines inférieures, ou grès, aiguisaient les défenses qui étaient coupantes comme des lames de rasoir. Son cuir épais était recouvert de poils noirs, drus, longs. Il mesurait largement plus de deux mètres du boutoir à la queue et un mètre cinquante au garrot.

Dès que le phénoménal animal aperçut le jeune homme, il poussa un grognement terrible et chargea. Meremaana, léger et rapide, s'envola dans un arbre. Le solitaire ébranla ce dernier d'un coup de boutoir formidable, mais le

Marquisien tint bon. Quand il put ajuster son coup, il visa derrière la tête et, pour donner plus de poids, se laissa tomber, accroché à sa lance. La pointe transperça le cou de la bête. Le Marquisien, comme une pierre, dégringola sur la tête énorme du monstre qui réagit de façon telle qu'il envoya le jeune homme dans les airs. Celui-ci attrapa une branche au vol et resta dans l'arbre, pendant que l'animal, blessé à mort, déchirait de plus belle sa blessure mortelle en secouant la tête. Le fier solitaire fit encore quelques centaines de mètres, puis agonisa au bord du chemin.

Tout le village fêta le chasseur. On n'avait en effet, jamais vu une bête pareille.

280 kg !

On porta le héros partout, sur les épaules des hommes, s'arrêtant en tout lieu où il y avait une caisse de Hinano. Puis, le soir venu, on coupa un bois de Pinus[1] que l'on tailla en aiguillon, on le mit au brasier et, quand la pointe fut bien blanche du feu, on perfora l'oreille du garçon qui tomba par terre ; enfin, l'on perça de la même façon l'autre lobe.

– Toute la nuit j'ai porté les défenses du monstre, puis, au matin, je les ai données à mon ami Vincent qui les a accrochées dans son faré. C'est ainsi que je suis devenu le chasseur le plus connu des Marquises.

1. Pin

Pris par le récit de Meremaana, nous n'avions pas senti que la pluie s'était depuis longtemps arrêtée et qu'une brise légère s'était levée, chassant le brouillard.

– Et Maintenant, si nous voulons ne pas prendre le grain qui s'annonce et arriver avant la nuit, il nous faut y aller rapidement.

Nous reprîmes notre navigation doucettement. Nous traversâmes les nappes de brumes qui persistaient par endroits. C'était marrant, on se serait crus en avion. L'air avait un goût de sel… mais également de fruit mûr, trop sucré et lourd, comme la papaye ou la mangue. C'était agréable, mais le plus impressionnant était l'absence de son. Nous voguions sur un océan de silence. En mer, il y a toujours du bruit ; celui de la houle, du vent, des oiseaux, le ressac sur la coque, mais là, hormis le moteur qui ronronnait… Il faut dire que le capitaine était prudent, la brume n'était pas complètement levée et je supposais que le danger de haut-fond était encore bien présent. Cela dura environ une heure. Puis, le petit courant d'air, genre alizé, zéphyr, arriva et vint chasser définitivement ce qui restait de brouillard. Il devint très rapidement brise, souffle, rafale, puis finalement grain et bourrasque ! Le petit bateau sauta de nouveau de vague en vague, la mer s'était reformée, la houle était très forte. Crispés sur la barre en inox, nous ne parlions pas, nous subissions. Nous naviguâmes longtemps ainsi, j'eus une crampe douloureuse au niveau de la nuque. Finalement, le capitaine baissa le régime du moteur. Le soir s'installait, le vent était encore très fort. Il observa attentivement le ciel, on apercevait parfois quelques étoiles sous le tapis nuageux. Tout à coup, je fus pris d'angoisse. Je lui demandai :

– Tu es perdu ? Tu ne sais plus où nous sommes ?

Une sueur froide descendit le long de mon échine. Si c'était le cas, nous étions foutus. Il me regarda, ne sachant manifestement pas de quoi je lui parlais. Puis il comprit et me sourit, rassurant.

– Quoi ? Non, non, Meremaana n'est jamais perdu. C'est simplement que, de temps en temps, il faut que je fasse le point. Avec ces vagues, je ne distingue plus rien.

– Mais que cherches-tu à regarder ainsi le ciel ?

Tout autour de nous, il n'y a que la mer qui est absolument identique devant, derrière ou sur les côtés.

– Eh bien, quand on a l'expérience, on connaît.

J'aurais bien aimé savoir aussi.

– On connaît ?

– Oui, il y a de multiples façons de se diriger. C'est mon père qui m'a appris, qui lui-même le tenait de son père, et ainsi de suite depuis des décennies et des décennies de savoirs qui sont passés de bouche à oreille.

Ils ne pouvaient tout de même pas être plus efficaces que les moyens modernes mis à la disposition des voyageurs !

– Tu n'as même pas de boussole !

– Il y a les étoiles, le Soleil et la Lune.

– Oui, mais là, c'est couvert, le soleil s'est couché et je ne vois pas la lune.

Il sourit comme l'on souriait à un gamin, qui posait des questions compliquées, et qui était bien trop immature pour comprendre les réponses.

– Il y a la forme de la houle, le sens des vagues, le vent.

Des points d'interrogations devaient se voir dans mes yeux, car il sourit davantage.

– Et puis, ce qui flotte à la surface les oiseaux, les poissons, il y a aussi les odeurs.

Qu'est-ce que ça embaumait tout à l'heure ? La mangue ?

– J'ai senti une forte odeur de fruit pourri.

Il opina et me regarda différemment.

– Oui, à la frontière de la bruine ?

– C'est ça.

– Je l'ai aussi sentie, mais il ne fallait pas en tenir compte. Les odeurs à l'intérieur du brouillard ou en limite sont trompeuses. Mais c'est bien, tu es observateur, on pourra peut-être faire de toi un pêcheur !

Il renifla longuement.

– Je hume l'odeur du feu, de la viande. Il doit y avoir une sacrée fête à Marotiri Nui. Il y a également ce que je ne sens pas. Je ne perçois pas les arbres, les fleurs ; oui, c'est bien où nous allons. Une île qui n'a pas beaucoup de végétation. Et puis, pour être sûr, il y a…

Il sauta à notre hauteur, plongea la main dans l'onde et prit en bouche une gorgée.

– Il y a également les goûts de l'océan.

Il recracha.

– Vas-y, goûte. Toi aussi !

Nous nous mîmes tous à ingurgiter de l'eau de mer. Je réprimais un rire qui montait, nous devions avoir l'air fin, ainsi, à boire des gorgées d'eau. Je me retins et ça me passa, la flotte avait un désagréable goût de soufre. Meremaana vit nos grimaces dégoûtées.

– Oui, hein ? Ce n'est pas très bon. C'est le soufre, car dessous, le volcan grogne toujours, ça produit cette odeur et cette saveur étrange.

Steve demanda :

– Ça veut dire que nous ne sommes pas très éloignés de notre but ?

– Sans doute encore une petite heure. Mais je suis inquiet.

– Pourquoi ?

– Le vent est fort, le grain n'est pas loin. Ce serait bien d'arriver avant ou après, mais pas en plein dedans.

Mon ami était d'avis d'y aller tout de suite.

– On passera, j'en suis sûr, nous t'avons vu à l'œuvre.

Farahiano, qui avait plus d'expérience, était plus prudente.

– On risque dans ce cas de se fracasser sur les rochers. Je vous rappelle qu'il n'y a pas d'embarcation qui passe là-bas. Enfin, une fois de temps en temps, peut-être deux fois l'an, un bateau militaire de l'armée française en exercice. Ou un touriste en mal d'expériences uniques et qui veut expérimenter les contrées vierges.

– Il y en a, des comme ça ?

– Bien sûr, quelques-uns, mais pas beaucoup. L'année dernière, il y a eu un Français qui a réalisé le Vendée Globe, un Canadien avec sa petite famille qui ont fait le tour du monde, un Péruvien qui a voulu rejoindre son pays en passant par cette nouvelle voie… Et c'est tout.

Tout à coup l'opération me parut effectivement un peu risquée, je choisis donc la prudence en me rangeant au double avis de la jeune femme et du capitaine.

– Attendons que le grain passe au large. Il n'y a pas d'urgence au fond, non ?

Steve le reconnut et se joignit à l'avis général.

– Avec ce que nous avons vécu, nous ne sommes pas à quelques heures près.

La décision fut donc prise à l'unanimité, nous restâmes dans le coin en espérant que le grain passe.

– Nous repartirons dès que les choses se seront calmées.

En attendant, le Marquisien installa un tau, une bâche bleue qui nous protégea bien de la pluie. Le bateau monta, descendit, le soir fit place à la nuit, un rayon de lune perça la couche des nuages et éclaira notre situation. Nous restions silencieux, j'essayais de dormir, mais la position était inconfortable et la pluie, tout à l'heure, avait mouillé un peu mes vêtements.

– Oh !

Nous criâmes tous de surprise. Le petit bateau avait basculé sous la force d'une vague provoquée par un intrus monstrueux venu des fonds de la mer. Meremaana bondit. Il était descendu avec nous pour papoter gentiment, mais une masse énorme et sombre venait de surgir à nos côtés. Il remonta vivement au poste de contrôle.

– Tohorà ![1]

Le bateau était pris par le mouvement. La masse énorme provoqua une lame qui le fit vaciller, nous fûmes envoyés d'un côté à l'autre et une vague fit gicler un peu d'eau sur nos pieds.

– Aldo !

1. Baleine

Farahiano, qui s'était assise sur le rebord du bastingage, perdit l'équilibre sous l'action de la houle. Elle essaya de m'attraper le bras, nous nous ratâmes et elle tomba dans l'eau noire avec le mammifère marin. Elle allait se noyer !

Je ne perdis pas de temps, enlevai mon ciré et plongeai après elle. Mais elle atteignit le bateau avant moi et ce fut elle qui m'attrapa pour m'aider à remonter.

Tout à coup, un second remous se produisit un peu plus loin, puis un autre animal, monstrueux, surgit dans la nuit.

– Ua tae mai te mau tohorà[1] ! On ne peut pas rester ici.

– Qu'est-ce qu'il se passe ? Qu'est-ce que c'est ?

Steve avait la voix qui vacillait.

Farahiano, cracha, toussa, rit ; elle avait bu de l'eau de mer, ça la faisait marrer. Nous dûmes nous déshabiller car nous étions trempés. Heureusement le bateau avait des réserves de vêtements secs. Nous nous retrouvâmes habillés tous deux, de pantalons et pull bleus de la Marine nationale. Je ne demandai pas d'où ce stock venait, car j'avais d'autres centres d'intérêt. Ce fut la première fois que je vis mon amoureuse nue et ces images ont continué à nourrir mon imaginaire. Qu'est-ce qu'elle était belle !

Elle par contre, était excitée comme une puce.

– Incroyable ! Ce sont des baleines à bosse !

Le skipper mit rapidement le moteur en marche.

1. Les baleines sont arrivées !

– Il faut qu'on sorte de là ! Pour elles, nous n'existons pas. Nous ne sommes que quantité négligeable, elles ne nous voient même pas.

En attendant, les baleines ne bougeaient pas d'un iota. Le moteur ronronnait doucement, tel un chat content. Le poti marara se mit à avancer très lentement, pour, je le supposais, ne pas effrayer les monstres marins. Ceux-ci étaient toujours immobiles, on les aurait dits morts ; deux montagnes émergées. Meremaana slaloma entre les deux mammifères. Quand il sentit qu'ils étaient hors de portée, il mit les gaz et nous entraîna au loin, puis de nouveau fit halte.

– Eh oui, les cétacés ont pris l'habitude de s'arrêter ici.

– Incroyable ! Je suis impressionné !

Notre hôtesse calma notre enthousiasme.

– Oui, mais c'est dangereux. Une baleine à bosse peut peser jusqu'à vingt tonnes, soit trente éléphants. Elle peut vous écraser comme si vous étiez une puce. Pas par méchanceté, non, par distraction. Au moment de plonger par exemple, un coup de queue et…

Elle ne finit pas, je la coupai.

– Elles n'ont pas l'air très méchant.

– Et elles ne le sont pas, mais ce sont des animaux sauvages. Je me souviens d'un voileux australien qui s'était arrêté à Rapa et qui m'avait raconté son aventure. Il était en route pour la Corse quand une baleine est sortie sous sa coque. Le voilier s'est coupé en deux et il n'a eu que le temps de jeter l'annexe à l'eau avec le kit de survie. Son bateau a coulé en deux minutes. Il est resté presque un mois à dériver. Il a finalement été récupéré par un cargo russe, grâce au cuisinier de bord qui l'a aperçu en jetant ses poubelles. Et l'homme continue de naviguer !

Moi, ça m'aurait très nettement refroidi. Elle éclata de rire.

– Oui, mais il a fait construire son nouveau voilier, avec une coque en acier.

Ouais, après une aventure pareille, je le comprends. Meremaana intervint.

– Bon, je crois qu'il est temps de repartir.

En effet, la pluie s'était brusquement arrêtée. Il restait la houle, mais c'est déjà plus agréable. La température, également, était descendue. La brunette regarda le ciel, on commençait même à apercevoir les étoiles.

– Les orages tropicaux sont violents, mais ils peuvent durer très peu de temps.

Le Marquisien mit le moteur en marche.

– Aidez-moi à replier le tau. Je ne voudrais pas l'arracher, il est neuf.

Nous nous mîmes en route mais Meremaana avança avec prudence, dès lors. Il ne sauta plus rageusement de vague en vague, il les surfa plutôt habilement.

– On va se mettre à l'abri pour le crépuscule, dans une petite île en face de Marotiri Nui. Elle est presque abritée. Je ne peux pas naviguer dans les patates maintenant, il me faut y voir clair, sinon, je risque de toucher, de racler, ce qui serait terrible pour l'hélice ou son axe.

Bientôt se découpa en face de nous une ombre inquiétante, c'était Marotiri Nui. Il y avait quelque chose de déplaisant. Au premier abord, les deux montagnes qui se découpaient dans le ciel étaient noires, menaçantes, ça ne donnait pas très envie de s'y arrêter. Elle était encadrée par des îlots tout aussi peu aimables, plus petits et plus bas.

– Ce sont les dernières îles avant le rien. Nous allons nous abriter dans la plus petite d'entre elles, qui a l'avantage, avec ce courant, d'avoir un mouillage sûr.

Nous avançâmes donc doucement vers un îlot de quelques centaines de mètres de circonférences avec un promontoire en chapeau. Là, Meremaana jeta l'ancre. Il se déshabilla et sauta à l'eau pour amarrer le deuxième bout sur un anneau scellé au récif. Il resta sur le rocher un moment.

– Qu'est-ce qu'il fait ?

– Il regarde comment va le courant, il ne voudrait pas qu'en cas de tempête, l'embarcation soit embarquée en pleine mer. Si l'un des deux bouts lâche, il en restera toujours un.

D'où nous étions, nous apercevions parfaitement l'île.

– Qu'est-ce que c'est, là-bas ?

J'avais aperçu une lueur jaunâtre. Je pointai le doigt dans la direction. Farahiano haussa les épaules en signe d'ignorance.

– Peut-être une fête ? Tu sais, c'est la première fois que je viens ici, Meremaana n'a jamais voulu m'y amener. Il dit que ce sont des sauvages, et qu'ils seraient capables de me bouffer toute crue.

Ce dernier remonta à bord, il avait entendu la fin de notre conversation.

– Et j'ai bien fait. Je me demande ce qu'ils fêtent ainsi.

Lui aussi avait vu les lueurs sur Marotiri Nui, il était intrigué. Il se sécha avec une serviette sortie de la sentine, puis braqua ses jumelles sur l'île.

– Oui, c'est ça, c'est une fête. Ils dansent autour d'un feu.

Intrigué, je lui demandai de me les prêter. Il fallut que je les règle à ma vue, mais je ne fus pas plus avancé. Nous étions beaucoup plus loin que ce que je pensais et je ne voyais de l'île d'en face que des silhouettes bougeant effectivement autour d'un feu.

– En tout cas, nous loupons un sacré barbecue !

Je ne flairais rien, mais le Marquisien, au nez beaucoup plus fin que le nôtre, était le seul à sentir la viande cuite au feu de bois. Je me demandai comment allaient être les retrouvailles entre mère et fils. Enfin, si elle se trouvait sur l'île !

Je souris, qu'est-ce qui m'avait pris de me lancer dans cette aventure ? Partir à la recherche d'une femme que je ne connaissais même pas. Pourtant grâce à cette quête, j'avais trouvé l'âme sœur, ce n'était pas rien, tout de même.

Je regardai la jeune femme, cet obscur objet de mon désir comme disait Luis Buñuel. Peut-être était-ce pour cela que je ne m'étais pas encore déclaré ?

Sentant qu'elle avait toute mon attention, elle se tourna vers moi et me sourit tendrement.

– Aldo ? Tu es un sacré plongeur ! Tu m'avais caché tes dispositions pour la profession de maître-nageur émérite !

Moqueuse. Mais, il y avait également autre chose dans son œil. Peut-être de la sympathie pour moi.

– Oh, tu parles d'un héros, tu étais sur le bateau avant moi. Il a même fallu que tu m'aides pour y remonter. N'empêche, tu n'as pas eu l'appréhension des cétacés ?

– Les baleines ? À dire vrai, je n'y ai pas réfléchi. Parce qu'après, quand j'ai compris que je me prenais un bain avec des animaux tellement gros qu'ils ne me voyaient même pas, j'ai eu un petit moment de panique.

– J'ignore pourquoi j'ai sauté après toi, bizarrement j'ai pensé que tu ne savais peut-être pas nager.

– Moi ?

En l'énonçant, je me rendis compte de la faiblesse de mon argumentation.

– Je nage depuis l'âge de deux ans. Je savais crawler avant même de savoir parler, c'est dire.

Devant mon air dépité, gentiment, elle posa la main sur mon bras.

– Non, c'est vrai. Tu ne pouvais pas le savoir. N'empêche, je te remercie.

Nous avions oublié que nous n'étions pas seuls et Meremaana, qui avait un regard rigolard, en rajouta.

– Oui, nous avons à bord un garçon très courageux, un héros antique. Un puissant guerrier. Mais si tu veux obtenir à l'instar de Hiro, la main de Tiaki-Tau, il va falloir que tu remportes le concours de danse de Huahine.

Farahiano me glissa.

– Elle fait partie des îles Sous-le-Vent. La plus belle à mon goût. Peu de tourisme, c'est moyennement bien vu.

Son regard se porta sur l'île d'en face.

– Mais la réputation de Marotiri Nui est sans égale. En ce qui concerne le manque d'accueil et l'agressivité, c'est la reine !

– Pourquoi ?

– Je ne sais pas, peut-être parce que c'est la plus éloignée. Il n'y a pas beaucoup d'habitants, alors aucun bateau n'y accoste.

Le Marquisien intervint.

– Ça n'explique pas tout ! Regarde aux Tuamotu, c'est pareil, certains atolls ne portent sur leur sol qu'une centaine de résidents ! Non, il y a sur cette île un désir d'entre-soi. Les habitants n'ont pas envie de se mélanger ni de s'ouvrir.

Je rigole.

– Ce sont des sauvages, quoi.

Je regardai Steve qui baissait la tête. Eh bien, ça promettait d'être super, les retrouvailles ! Farahiano, comprenant la peine de mon ami, minimisa le propos.

– Tu exagères sans doute un peu, Meremaana, il y a certainement de tout dans la colonie, des gens accueillants et d'autres moins. En tout cas, il est indéniable qu'ils aiment la fête.

Le Marquisien ne répondit rien. Moi non plus !

J'avais dû m'endormir, bercé par le ressac, car quand j'ouvris à nouveau les yeux il faisait grand jour. La pluie s'était remise à tomber, Meremaana avait discrètement réinstallé le tau. Il était le seul éveillé ; dès qu'il s'aperçut que j'étais sorti des bras de Morphée, il me fit un clin d'œil, complice. Farahiano avait posé sa tête contre mon épaule, ses cheveux de soie caressaient mon visage. Je sentais son parfum, mélange de tiaré, fleur symbole de la Polynésie, de sel, de soleil. Le soleil a-t-il une odeur ?

Je souris de mon imagination fantasque. L'île, en face, avait perdu de sa charge négative. Elle apparaissait éclairée par ce jour sale, comme un bout de rocher bien inoffensif. La fête était certainement finie ; il n'en restait qu'un mince filet de fumée, écrasé par un crachin humide et froid.

La jeune femme gémit, grogna, frotta sa tête contre ma poitrine et ouvrit les yeux. Il y avait quelque chose dans son regard d'étrange… je ne savais pas quoi.

Elle sourit et se redressa.

– Je songeais que j'étais en navire.

– Ce n'était pas un rêve.

– Non, pas dans le poti marara de Meremaana. J'étais dans un gros bateau de croisière qui m'emmenait sur un motu minuscule, et tous les touristes, des gens horribles, voulaient venir avec moi. Et moi, je ne le voulais pas.

– Ce n'est pas un rêve, çà !

Elle secoua la tête.

– Non. Mais ce n'était pas non plus un cauchemar. C'était entre les deux. Et je me réveille sous la pluie de Marotiri Nui. Dans les bras d'un maître-nageur.

– Je ne suis pas…

– Chut.

Steve sortit du sommeil à son tour.

– Quelle heure est-il ?

C'est Meremaana qui répondit.

– Il est sept heures, vous avez drôlement bien dormi ! Il est temps d'y aller.

J'acquiesçai.

– Allez !

Aussitôt dit, aussitôt fait, et bientôt nous vîmes le rivage se rapprocher. Le spectacle n'était pas très réjouissant ; il n'y avait pratiquement pas de verdure, quelques pauvres arbres, des plantes tristouilles couraient sur le sol, on ne voyait pas la terre. Des rochers noirs, tranchants, émergeaient et ponctuaient ce paysage peu amène, je n'aperçus pas non plus de village. Le seul endroit où il y avait quelques arbres et un peu de verdure était la place ou avait été dressé une espèce de totem ; la fumée venait de ses pieds. En s'approchant encore, on distingua enfin les maisons. En réalité, elles étaient difficilement discernables car elles étaient construites en pierre noire, de la même couleur que la roche.

– Je vais mettre le bateau de l'autre côté, un peu planqué dans une petite crique que je connais.

Le brouillard s'était à nouveau levé et s'ajouta à la pluie fine et froide. C'était plus que mélancolique, il se dégageait des mauvaises ondes, que nous ressentions et nous étions tous un peu gênés, nous nous tûmes. Rien ne bougea. On n'entendait que le ploc-ploc de la pluie sur la roche. Il faut dire que le moteur du poti marara tournait au ralenti, il était bichonné de façon obsessionnelle par son propriétaire, raison pour laquelle, à ce régime, on ne l'entendait pratiquement pas. C'était le seul truc rassurant, on sentait qu'il ne pouvait pas tomber en panne. Nous passions lentement devant ce qui avait été un sacré feu de bois. Je perçus Meremaana qui sursauta brusquement. Il avait dû voir un truc ; je faisais confiance à son œil de lynx. Je regardai à mon tour dans la direction qu'il paraissait fixer, mais nous étions déjà passés et la base du feu, qui semblait avoir choqué le pilote, était maintenant cachée par un gros rocher. Je comptai les maisons que j'avais vues, il y en avait sept ou huit. Mais j'en avais vu deux ou trois plus haut. Une trentaine d'habitations étaient ainsi implantées sur ce bout de rocher. Il y avait une centaine d'habitants, d'après le Marquisien.

Nous étions suivis par de gros oiseaux, leur corps était terminé par une élégante queue en V. Je me dis que c'étaient eux qui criaillaient ; une petite dizaine, très délicats, ils tournaient haut, en cercles concentriques et ne semblaient pas produire d'effort. Ma voisine mit la main en visière pour observer leur vol élégant.

– Ce sont des frégates du Pacifique, elles ne se posent jamais et dorment en volant. Elles peuvent monter à 4 000 mètres sans effort, en s'aidant des courants ascendants. Mais regarde ceux-là…

Elle me montra de très grands volatiles blancs ; leur envergure devait être de presque deux mètres. Des fous masqués !

Elle se tourna vers son employé, manifestement pour lui demander conseil, mais se figea devant l'air préoccupé qu'il arborait.

– Qu'y a-t-il, Meremaana ?

Ce dernier mit un peu de temps à répondre, tout occupé à contourner une patate[1].

1. On appelle « patate » un ensemble de corail sous la surface de la mer dans un atoll.

– Il y a que je crois que l'on ne devrait pas débarquer et filer ventre à terre.

Steve se rebella.

– Ah non, on descend, hein ! Nous ne sommes pas venus jusqu'ici pour…

Il fut interrompu par la belle brunette qui répéta.

– Qu'y a-t-il Meremaana ?

On sentit qu'elle prenait en compte les humeurs du Marquisien et qu'elle n'irait jamais contre un de ses avis. S'il était inquiet, elle était inquiète. Il ne répondit pas et baissa la tête. Il descendit l'ancre qui, on l'entendit parfaitement, toucha le fond ; il n'y avait qu'un mètre de tirant. Puis il se releva et, en nous regardant :

– Je ne sais pas justement. Ce que j'ai vu… ou ai cru voir… Je ne suis pas sûr, mais le mal semble être à l'œuvre ici.

Mon ami, à son tour, lui coupa la parole.

– Oh là là ! J'ai vu… le mal… Le diable ou ses ouailles. N'importe quoi ! Non, j'en ai assez, moi je descends. Allez, hop ! Approche-moi du bord.

Farahiano ne tint aucun compte de son intervention brutale. Elle regardait toujours fixement le tatoué.

– Meremaana ?

Celui-ci, gêné, se tortilla, gagna du temps, puis :

– Non, Steve a sans doute raison, j'ai peut-être mal vu. Mon imagination m'a certainement joué un tour, c'est impossible, en fait. Ça serait…

Il rit.

– J'ai interprété avec mon âme de Marquisien dégénéré, je ne sais pas si j'ai bien compris le sens de ce que j'ai cru voir. J'ai dû fantasmer !

Il rit, oui. Mais d'un tout petit rire, peu convaincu, peu convaincant. En réalité, il me laissa une sensation désagréable. Il n'y avait pas que moi qui étais troublé, la jeune femme était aussi manifestement inquiète. Elle l'interrogea.

– J'aimerais bien savoir. En général tu as une très bonne vue.

Il réfléchissait, nous sentions qu'il évaluait la situation.

– C'est vrai, mais, je le répète, je peux me tromper, je n'ai pas dormi et le manque de sommeil est à même d'amener des visions fantasmées. De toute façon, allons voir. Nous serons bien vite fixés.

Le bras de mer dans lequel nous avions fait halte était très bien protégé de la houle ; en tout cas Meremaana semblait satisfait de ses attaches. Il pleuvait toujours ; une pluie parisienne qui mouillait si l'on persistait à la subir sans s'abriter. Nous descendîmes donc du poti marara bien planqué. Un sentier passait le long des rochers et longeait plus ou moins la mer. Nous l'empruntâmes à la queue leu leu, Meremaana en tête, puis la jeune femme, mon ami et moi en dernier. Sans s'être concertés, on se taisait et l'on avançait en silence, en faisant attention où l'on posait les arpions. Faut dire que le chemin était escarpé, difficile, comme si cette terre dans son entièreté désirait montrer un côté hostile, même au travers d'un simple sentier. Il n'y avait pas un brin d'herbe, pourtant on aurait pu s'y attendre, avec la pluie qui était tombée ! Une pensée fugace s'imposa tout à coup à moi, je songeai à la maman de Steve, Rauana. Comment faisait-on pour vivre à cet endroit ? Pourquoi tout quitter pour venir ici ? Steve s'exclama.

– Une maison !

Nous passions effectivement devant une habitation et l'on put voir de plus près comment les pierres étaient magnifiquement ajustées les unes aux autres. Elles étaient uniformément sombres, du gris foncé au noir profond. Sur le côté, enfin, un peu de vert. Un potager très entretenu. Avec un soin maniaque, le jardinier avait aligné les rangs de patates, d'oignons, de poireaux, d'artichauts, j'aperçus même des pousses de rhubarbe devant quelques citrouilles magnifiques. Une fenêtre de chaque côté de la porte close, les volets étaient tirés. Steve chuchota.

– Il n'y a personne.

– Pourtant la cheminée fume.

Un ruban de fumée se mélangeait aux nappes de brouillard. L'ambiance n'était pas à la folle gaieté, nous avancions prudemment sur ce chemin caillouteux. C'était sinistre. Tout à coup, une saute de vent nous renvoya une odeur épouvantable.

– Berk !

– C'est une horreur !

Nous nous bouchâmes le nez. C'était insupportable. Nous passâmes une grande baraque où il était écrit à la peinture : « École ». Il y avait donc des enfants ici ?

Pauvres gosses !

Sur l'accès au terrain qui la jouxtait, une cloche avec une ficelle. J'imaginai les jours d'école avec l'institutrice, sonnant la rentrée. Attenant, un autre bâtiment, la mairie. Deux portes, j'imaginais que les services municipaux étaient différents, avec ces drapeaux polynésiens, français et de l'archipel des Australes ; un peu défraîchie, elle ressemblait plus à une ferme qu'à une mairie. Encore plus loin, se tenait une église, minuscule. On apercevait la croix qui la surmontait. Elle devait, malgré l'heure matinale, être occupée, car il en montait un murmure, une litanie qui ressemblait furieusement à une messe. Cette mélopée, que nous entendions maintenant distinctement, était effrayante. Elle alternait des moments de douceur sucrée de voix de femmes, avec de la brutalité virile, accentuée par des basses qui ne pouvaient venir que d'instruments de percussion qui vous prenaient au ventre. Elle évoquait, à mon esprit de citadin, les temps anciens, secrets, terribles, masqués. Entre l'église et la mairie, le tronc d'arbre à moitié calciné qui avait servi de totem pour le feu. Nous voyions mal, car un rocher en cachait toujours la base au centre du foyer. Comme si elle se nourrissait de notre avancée, la complainte se fit plus intense, elle dramatisait encore notre progression. Ce fut le Marquisien qui exprima tout haut notre étonnement.

– La messe ?

– Les matines ? À cette heure ? Je croyais qu'elles étaient célébrées au milieu du crépuscule.

Steve secoua la tête.

– La réforme liturgique qui a suivi le concile Vatican II a modifié le cursus romain, le service des matines de nuit a été remplacé par un office des lectures pouvant être récitées à n'importe quel moment de la journée…

Je ne lui connaissais pas une telle science de la religion.

L'étudiant s'approcha de l'établissement, il y avait une porte entrouverte, de laquelle s'échappe un rai de lumière. L'angoisse me prenait, je ne savais pas pourquoi, mais je ressentais comme un danger à entrer dans ce lieu de culte. Tout ça me semblait très peu catholique. Je chuchotai…

– Steve !

Mais celui-ci ne percevait, ni n'entendait plus rien. Il resta à la porte, ainsi pétrifié. Nous le rejoignîmes. À l'intérieur, une cinquantaine de personnes étaient réunies devant le chœur. Face à elles, deux personnages extraordinaires. Deux femmes; l'une, pratiquement nue et très grande, dépassait de plusieurs coudées l'autre, et même les guerriers. Elle exhibait fièrement des seins magnifiques. Un minuscule cache-sexe noir montait jusqu'à ses hanches. La seconde était habillée d'une espèce d'aube blanche, virginale ; elle semblait ailleurs, le regard tourné vers l'intérieur, en transe. La géante avait le visage partiellement tatoué et peint, ainsi que le corps ; ses jambes étaient pareillement magnifiques. L'autre portait également des tatouages, mais plus discrets, aux mains, aux pieds. La grande femme nue parlait, l'autre était immobile, le regard extatique. Le langage qu'utilisait la géante semblait très ancien ; de temps en temps sortait de sa bouche un cri. Elles semblaient toutes deux incroyablement concentrées, voire possédées par des forces qui les dépassaient, surnaturelles. Autour, la foule ponctuait l'homélie par des grognements bestiaux, on aurait dit un groupe de morts-vivants sur le sentier de la guerre.

Steve fut pris tout à coup de sang, comme s'il sortait d'un rêve. Il murmura…

– Maman !

Il l'appela, son corps s'avança vers l'ouverture de la porte. Il allait entrer dans la pièce, quand soudain, une main surgit, passa devant moi et agrippa la manche de mon ami. Meremaana s'était approché de lui et l'empêcha d'aller plus loin.

– Viens !

– Mais…

– Viens, je te dis, il faut absolument que je te montre quelque chose avant que tu ne parles à ta mère ! Venez tous.

Nous le suivîmes, il nous emmena vers le feuillu calciné.

– Mais, qu'est-ce que c'est ?

Je suivis le regard de mon ami. Meremaana soupira. Tout à coup, Farahiano respira plus fort. J'eus comme un passage à vide, ma vue se brouilla.

– C'est bien ce que je croyais avoir vu. J'avais bien raison.

C'était la première fois que je voyais le Marquisien déstabilisé. Il avait de bonnes raisons ! J'eus du mal à me concentrer tant les choses me paraissaient impossibles, inacceptables, incroyables ; une horreur que je n'aurais jamais crue possible. Un magma, une sculpture ignoble, conçue et fabriquée par un dément ! Nous restâmes figés. Mon ami chuchota.

– Il y en a combien ?

C'est Meremaana qui lui répondit.

– J'en vois cinq… six ?

Je ne pouvais les compter, mais ce que je voyais dépassait tout entendement. Un empilement de corps entassés les uns sur les autres, certains brûlés entièrement, d'autres en partie, de la noire fusion surgissait quelquefois une main, un visage, une épaule… les dépouilles étaient sans peau, il n'y avait plus d'yeux, ces pauvres bougres avaient dû se dissoudre sous l'effet de la chaleur. Ils avaient été surpris dans leur sommeil. Un ou une, avait même les mains jointes dans un simulacre de prière. Mais, ce qu'il y avait de plus terrible était ceux qui n'avaient pas été entièrement brûlés.

Il y en avait là, un caractère humain toujours très présent. Un couple d'un certain âge. Leurs yeux étaient vitreux, ils avaient encore les mains attachées. La femme semblait plus jeune, et portait sur la face une grimace d'horreur dont je me souviendrais sans doute pour toujours. Autour de moi, je sentais la tension et la monstruosité que provoquaient la situation et l'épouvantable spectacle.

Farahiano balbutia.

– Ce n'est… ce n'est pas possible !

– Bon Dieu ! Mais qu'est-ce qu'il s'est passé ici ? Ma mère… il faut que je la sorte de là !

Meremaana le chopa violemment par le col.

– Eimu[1] ! Écoute-moi bien. Je suis très sérieux. Tu ne vas pas nous mettre tous en danger.

– Mais…

– Ma'ama'a[2] ! Si tu veux rester ici, c'est ton problème, mais tu vas attendre que nous, nous quittions cet enfer.

Le ton était sans appel et mon ami baissa la tête, il chuchota :

– Et ma mère, je ne peux quand même pas la laisser là ?

– Ta mère est très certainement l'amie de cette folle. Elle soutient le mal en elle ! Elle porte le mauvais mana. Tu as vu son regard ?

– Oui.

---

1. Fou
2. Fou, stupide

– C'est une prêtresse. Tu ne peux rien faire pour elle et si tu t'avises de te faire voir, tu vas nous entraîner vers une catastrophe. Viens avec nous. Au pire, elle ne risque rien avec cette troupe de dégénérés.

Et il rajouta pour le convaincre, quelque chose de terrible.

– Elle est des leurs.

C'était vrai. Steve souffrit de cette évidence, je le compris, pourtant j'insistai.

– Viens avec nous, Meremaana a raison.

Celui-ci insista

– Tu ne peux rien faire, c'est le feia-tahutahu[1] !

Ses épaules s'affaissèrent, il était perdu… il accepta finalement de partir avec nous. Tout à coup, on entendit un appel discret.

– Hep, psitt ! Au secours, au secours… Venez par ici.

La porte de l'école s'était entrouverte. Quelqu'un était caché, soudain une tête surgit. Nous vîmes un jeune homme, il nous fit signe de vite nous approcher. Très agité, il chuchota :

– Attention, il y a une petite troupe qui revient, ils ont dû vous voir ! Venez, venez !

Nous fûmes très surpris Voyant notre hésitation, l'homme rajouta.

– Je ne suis pas avec eux, je suis l'instituteur. Les voilà.

---

1. Influence maléfique des dieux

Sa voix était tremblante, il ne simulait pas, il était mort de peur. Effectivement on entendit des bruits de pas venant de la gauche.

– Vite !

Je m'élançai, suivi de mes camarades, dans l'école. À l'intérieur, l'homme avait allumé une bougie. C'était une salle de classe primaire assez grande, avec deux rangées de quatre chaises accolées aux tables et au tableau, encore écrite à la craie, la leçon du jour qui portait sur les mathématiques. La lumière diffusée par la bougie était suffisante pour nous montrer un monde de connaissances, connu, rassurant. Nous l'entourâmes, espérant une explication.

– Ils sont devenus complètement fous ! Pour le moment, ils m'ont laissé tranquille, ils n'ont pas dû encore penser à moi, mais ça ne va pas durer.

C'était un homme d'une trentaine d'années avec des traits asiatiques. Pas très grand, fin, il portait sur le nez une paire de lunettes d'intello. Meremaana lui demanda :

– Mais qu'est-ce qu'il s'est passé ici ?

Il était exalté.

– C'est à cause des prêtresses !

– De qui ? Des deux femmes, c'est ça ?

L'homme hocha la tête, il souleva un coin du rideau qui occultait la fenêtre pour guetter l'arrivée de la troupe.

– Je n'ai pas tout compris, mais je crois… qu'elles prétendent que le diable est sur l'île et qu'il est entré dans le corps de certains d'entre nous. Qu'il faut l'extirper à tout prix, sinon nos âmes vont en être altérées.

Le Marquisien s'étonna.

– Mais il n'y a pas d'autorité ici capable d'arrêter tout ça ?

Le pédagogue secoua la tête, paniqué. Je remarquai qu'il ne roulait pas les R, comme tous les Polynésiens.

– Non, non ! Elles ont commencé à accuser le maire de l'île parce qu'il voulait les empêcher de prêcher, et c'est lui qui y est passé en premier. C'est la plus grande des deux, qui a porté les coups, elle est terrible. Elle a dit que c'était le chef des démons, elle l'a assommé avec une hache en bois, puis l'a traîné de ses propres mains et a allumé le feu ! Alors ils ont fini par devenir tous fous, ils ont continué avec un pauvre type innocent qui faisait des crises de tétanie. Après…

Des pauvres fous !

Il avait des difficultés à raconter ce qu'il avait vu et entendu. Il était manifestement traumatisé. Il changea de sujet.

– Mais vous, comment êtes-vous entrés ici ? Vous avez un bateau ? Bien sûr… Il nous faut partir tout de suite, avant qu'ils ne viennent nous chercher !

Mais il n'attendit pas la réponse, car, tout à coup, on entendit une autre litanie qui ne sortait pas, de l'église. Moins ordonnée, elle semblait descendre de la montagne et grossit jusqu'à atteindre le niveau d'un brouhaha. Je me collai à l'instituteur, celui-ci avait refermé la porte, laissant juste un mince filet pour guetter. Effectivement un rayonnement grandissait en même temps que le bruit d'une foule en marche. Un chant guerrier, auquel je ne comprenais rien, s'élevait, couvrant les murmures de l'église. La lumière devait être vive, car le temps plombé laissait entrevoir une matinée sombre, le soleil n'était pas de sortie, les torches diffusaient une clarté presque joyeuse. J'aperçus, avant que l'instituteur ne referme la porte, les premiers arrivants ; de jeunes hommes habillés, malgré le froid, juste d'un pagne jaune, coiffés d'une couronne de feuilles ; ils tenaient à la main des torches, une foule mouvante, vaguement menaçante. Ils scandaient en chœur un chant monotone, en frappant la terre de leurs pieds nus. Nous en ressentîmes tous le choc répétitif jusque dans le ventre, personne ne dit rien dans la pièce, personne ne bougea, nous étions tous terrifiés.

L'instituteur, d'un geste sec, ferma un pauvre verrou que l'on pouvait facilement enfoncer d'un coup d'épaule. La foule, elle, continua sa route en direction, je le supposais, de l'église, car des cris de joies retentirent, des « alléluias » éclatèrent gaiement. C'était encore plus sinistre. Les guerriers paraissaient réellement excités. Avaient-ils aperçu notre embarcation ?

Nous étions glacés, terrorisés. Meremaana, qui semblait être le seul capable de prendre les choses en mains demanda à notre hôte :

– Il n’y a que cette porte ? Il n’y a pas d’autre façon de sortir ? On doit absolument traverser la place ? Nous avons un poti marara ancré dans la petite crique à l’ouest. On doit fuir cet enfer, mais pour cela, il faudrait le rejoindre, et nous ne pouvons pas, bien entendu, traverser cette foule.

Le fonctionnaire avait du mal à se concentrer, il hésita puis…

– On devrait sortir par la petite cour, derrière, où l’on déjeune et après… Il y a bien un chemin, mais il nous faudra passer par le haut et je ne suis pas certain que…

Le Marquisien ne le laissa pas réfléchir plus longtemps.

– Allons-y.

L’instituteur se dirigea alors vers l’arrière du bâtiment, il ouvrit une porte qui donnait sur un petit préau. De là, il ne fallait que quelques mètres pour être dans la nature. Nous nous retrouvâmes sur un minuscule chemin qui montait à pic dans la montagne. Il continuait de pleuvioter, une ondée froide qui coulait le long de mon cou et me glaçait les os. Nous nous taisions en suivant l’instit qui galopait devant. J’étais un peu circonspect car le sentier était malaisé, j’avais peur de me casser la margoulette. Au bout d’un long moment de montée, nous passâmes enfin la crête d’une des deux petites montagnes. Nous voyions donc l’arrière de l’île, où nous avions amarré le poti marara. En arrivant au col, Farahiano s’étrangla :

– Oh, non !

À l'horizon se profilait, éclairé de mille lumières, le gros yacht qu'elle avait manifestement fui, nous entraînant dans cette aventure. Elle s'effondra.

– Ce n'est pas possible ! Comment a-t-il fait ?

Il était à l'ancre, la mer qui s'était maintenant levée secouait fortement. Le capitaine n'avait pas stoppé les moteurs. On apercevait des marins d'équipage qui descendaient une grosse annexe. Le tatoué tira sa patronne par la manche.

– Fais attention, un homme est sorti sur la coupée avec une paire de jumelles. Il peut aisément t'apercevoir.

Nous nous accroupîmes tous. Ma piètre vue ne me permettait pas de distinguer l'homme en question, mais je faisais entièrement confiance à Meremaana.

Comme nous étions exactement au milieu de l'île, sur la crête, nous apercevions les deux côtés de la terre émergée. Le feu continuait à se consumer au pied du totem, la messe se poursuivait. Au loin des hommes en armes prirent position dans le Zodiac. Farahiano se mit à pleurer. Je voulus la câliner dans mes bras, mais elle me repoussa en balbutiant des mots sans suite, j'en compris une partie… Elle sanglota.

– Je suis maudite, répétait-elle en boucle.

Steve, quant à lui, semblait assommé, il nous suivait en mode zombie. L'instituteur tremblait de tous ses membres.

Meremaana me regarda comme pour m'évaluer.

– Il n'y a plus que nous deux encore qui sommes en état de réfléchir.

Je peinai à déglutir

– Oui, on est beau.

Un mouvement vers la plage attira mon attention.

– Mais qu'est-ce qu'ils font ?

Un homme, habillé d'une chemise verte, partit en s'élançant depuis la plage, nous le vîmes longer le tour de l'île en courant et entrer dans l'église en hurlant. Un silence suivit, puis l'assemblée fut prise de frénésie, les femmes s'agitèrent. Tout à coup, ce furent les hommes qui s'exprimèrent ; ils étaient très excités, on entendit leurs mâles vociférations. Puis ils sortirent tous. L'église se vida, les cris montèrent jusqu'à nous. Ils rallumèrent le feu. La grande femme commandait la troupe, on aperçut la mère de mon ami qui suivait presque machinalement. Elle semblait possédée. Steve soupira, comprenant que le Marquisien avait raison.

– Maman Rauana…

Son immense compagne séparait la foule en deux. Les hommes d'un côté et les femmes de l'autre, puis elle choisit quelques très jeunes filles parmi celles rassemblées. Manifestement elle donnait des instructions, puis, elle partit avec les guerriers, ils semblaient armés ; en tout cas, je voyais quelques lances et machettes. Arrivée près de la plage, la troupe se sépara, les hommes se mirent à couvert, pendant que les jeunes filles, menées par la géante, obliquaient vers les marins du navire. Ceux-ci étaient presque arrivés sur la plage et regardaient avec surprise le groupe s'avancer vers eux. Les jeunes filles s'arrêtèrent brusquement à une quinzaine de mètres du zodiac. Pourquoi ?

– Qu'est-ce qu'elles font ?

Meremaana semblait fasciné par la scène que l'on voyait de notre nid d'aigle. Il hocha la tête et me répondit.

– À l'endroit où elles se sont arrêtées, on ne peut pas les apercevoir du bateau.

Je ne compris pas.

– Mais… quel intérêt ?

Il sourit, mais je n'aimai pas ce sourire-là.

– Regarde bien ce qu'il va se passer !

Les fillettes étaient immobiles, statufiées. Oui, on aurait dit une pièce de théâtre, avec le côté cour et le côté jardin, les choses étaient en place, on attendait le dénouement. Les six hommes étaient méfiants, ils regardaient autour d'eux avec prudence, leur vigilance ne se relâchait pas, mais ils ne pouvaient s'empêcher de jeter des coups d'œil intéressés aux très jeunes filles. La grande femme se tenait, seins nus, devant elles. Sur un signe d'elle, le pagne qui recouvrait le torse des adolescentes tomba, révélant ainsi leur poitrine. Ce fut la différence dévoilée entre les très jeunes filles et la femme devant, qui fit tout à coup douter les hommes du bateau. Il y avait quelque chose d'étrange dans le corps de la géante ; elle avait trop d'épaules… Il y avait du muscle viril en elle. Et puis le cache-sexe de la tatouée tomba, dévoilant quelque chose qui ne devait pas s'y trouver.

Farahiano s'exclama.

– Un Mähü[1] !

Meremaana rectifia.

– Plutôt un Raerae. En Polynésie le Mähü est un homme aux manières efféminées. Il peut avoir une femme et des enfants, être fonctionnaire. Le Raerae s'habille en femme et peut également avoir une famille, une femme, des enfants. Il n'y a aucune honte, aucune gêne. Cette liberté de mœurs peut gêner la morale occidentale. Le Raerae était naguère chargé de l'éducation sexuelle des jeunes de la famille, frères et sœurs, cousins, tout en respectant le tabou de l'inceste.

En tout cas, moi, je pigeais que dalle.

– De quoi vous parlez ?

– De la grande femme… Regarde son sexe.

Oui, quelque chose dépassait entre ses jambes.

– Un travesti !

– C'est un peu plus compliqué que ça, mais grosso modo, oui, c'est ça.

En face, les marins ne semblaient pas avoir vu le sexe masculin de la géante, visiblement plus captivés par la nudité des jeunes filles. Ils réagirent, hypnotisés comme

1. Esprit trompeur

les hommes des cavernes. Ils se poussèrent du coude et ricanèrent en avançant, tendant leurs mains vers les jeunes filles. Meremaana répéta :

– Regardez bien ce qu'il va se passer.

Les jeunes filles commencèrent alors une danse très lascive. Leurs corps ondulèrent dans une danse satanique uniquement destinée aux regards mâles. En face, un homme se détacha, irrésistiblement attiré par les jeunes corps et brusquement ce fut l'hallali. Ils s'élancèrent tous, telle une horde sauvage, sauf l'un d'entre eux, sans doute le chef, qui tenta de les raisonner, mais c'était beaucoup trop tard. Le premier arrivé empoigna par le bras une toute jeune fille qui se laissa glisser au sol. L'homme se mit à lui caresser brutalement le sexe. Après, ce fut très rapide. Le temps que les autres choisissent leur proie, qui se laissa faire, la grande femme, d'un bond gigantesque, avait atteint le premier marin, celui qui essayait d'empêcher le rapprochement. D'un geste sec et brutal, elle abattit sur son crâne un « casse-tête », qu'elle cachait dans son dos. Le marin ne survécut sans doute pas, la tête ouverte par le milieu. Les guerriers, qui avaient rampé tout le long des hautes herbes, se redressèrent et sautèrent à leur tour sur les survivants. Ils furent proprement égorgés en quelques secondes, sans avoir pu se servir de leurs armes, ni donner l'alerte. En moins d'une minute, tout était fini. Certains avaient déjà défait leur pantalon ; des morts cul-nu.

– Oh !

Je ne m'attendais pas à une telle violence. D'ici, on n'entendait rien, pourtant les victimes devaient râler. Le sixième homme, qui se méfiait et était resté un peu en arrière avec son chef, eut à peine le temps d'armer son fusil que déjà il tombait en silence, la gorge et la poitrine transpercée par deux piques, lancées avec adresse par des Polynésiens.

Nous étions effarés, sauf Meremaana qui ponctua cette sanglante action d'un…

– Et voilà ! Il faut s'en aller rapidement ! C'est une île du malheur !

Il me semblait sentir d'ici l'odeur du sang. Mais Farahiano l'interrompit.

– Attendez, ce n'est pas fini.

Elle avait repris quelques couleurs mais, effarée comme nous tous par les crimes auxquels nous venions d'assister, elle montra du doigt la baie devant le village. Des dizaines de Va'a avaient été rapidement mis à l'eau, manœuvrés par des femmes habillées de pagnes fleuris, et convergeaient vers le gros bateau.

– Regardez !

De l'autre côté, les guerriers déshabillaient rapidement les morts et revêtaient leur costume de marin. Puis, ils poussèrent le Zodiac à l'eau et montèrent dedans. Comprenant leurs intentions, je lançai…

– Ça ne marchera jamais ! Rien qu'à la couleur de leur peau, leurs tatouages, ils vont se faire avoir…

C'est Meremaana qui me répondit.

– Ça dépend… Observe un peu, les hommes d'équipage doivent regarder les Va'a des vahinés qui s'approchent. Le folklore permet ainsi de détourner l'attention des marins sur le pont.

En effet, les légères embarcations des Polynésiens s'avançaient de l'autre côté de l'échelle de coupée, où le Zodiac se présentait. Je vis les marins, penchés sur le bastingage, observer paisiblement les Va'a qui approchaient. On entendait les femmes chanter. Il n'y avait personne pour garder l'autre côté. Là encore, tout alla très vite. Le temps que l'embarcation gonflable arrive à l'échelle qui permettait de monter à bord, d'autres Va'a, conduits cette fois-ci par les guerriers, les suivirent du même côté, invisibles pour les hommes d'équipage. À peine le Zodiac était-il arrivé, que l'immense « femme », revêtue pour la circonstance d'une vareuse de marin, monta avec agilité l'échelle et se trouva nez à nez avec un homme d'équipage. Celui-ci n'eut pas le temps de réfléchir. Nous étions hallucinés. Farahiano s'écria :

– Non !

Mais cela ne changea rien. D'un coup de machette, elle l'égorgea avant qu'il puisse donner l'alerte. Immédiatement, ce fut un ballet de Va'a qui déposèrent des guerriers armés jusqu'aux dents. Certains portaient des torches enflammées, d'autres des bidons assez lourds. Steve s'écria…

– De l'essence ! Ils vont mettre le feu au yacht.

Tout à coup, simultanément, nous entendîmes une rafale de mitraillette, une explosion, et l'on vit un départ de brasier au niveau du poste de pilotage. Notre position de voyeurs était étrange, nous ne pouvions rien faire et assistions, impuissants, à l'assaut et à la mort de dizaines de personnes.

– Quelle horreur !

Une nouvelle explosion nous fit tous tressaillir, puis des tirs sporadiques ; manifestement, il y avait une poche de résistance quelque part. Le feu démarra à l'arrière, puis une autre explosion se produisit, et le yacht fut secoué, dans la rade cela créa des vagues ondulantes. Pendant ce temps, des courses d'hommes et de guerriers à travers tout le bâtiment faisaient du bateau un terrain de guerre. De la fumée noire sortait maintenant du gros yacht, puis une flamme jaunâtre jaillit. Les coursives, émirent un grondement sourd, des cris des hommes à l'agonie, des tôles qui se tordaient, et des moteurs que l'on tentait de mettre en route sans succès…

Tout à coup, la porte qui donnait sur la piste d'hélicoptère s'ouvrit ; en sortirent trois hommes. À leur vue, Farahiano, que j'avais prise dans mes bras, tressaillit. Elle chuchota, terrorisée :

– Pizzani !

Ça me rappelait quelque chose, mais quoi ? J'avais du mal à me concentrer.

Était-ce la résolution de l'énigme posée par la jeune femme ?

Le pilote, qui marchait en premier, débarrassa rapidement de ses sangles l'oiseau de fer. Puis il déploya ses hélices et contrôla que tout était bien en place à l'extérieur, ce fut rapide. Alors, il ouvrit la cabine et se mit aux commandes. Pendant ce temps, le deuxième homme, plus âgé, manifestement le patron, guettait, une mallette noire à la main. Le troisième, fortement armé, regarda autour de lui avec attention, le doigt sur la détente. L'homme qui attendait était habillé d'une grosse veste fourrée blanche, il semblait sans impatience malgré la situation. Cela ne dura pas longtemps ; les pales de l'appareil, commencèrent à tourner lentement. Nous fûmes tous les cinq fascinés par le spectacle. Le pilote fit signe aux deux hommes de monter dans l'engin. Vivement, ils s'exécutèrent ; le dernier fut le soldat. La porte de verre à peine refermée, l'appareil trembla, sembla se secouer comme un insecte qui se réveille, puis décolla doucement.

À ce moment-là, la femme-dieu apparut, éclairée par un rayon de soleil qui l'isolait de la scène. Elle était magnifique. Elle portait un javelot particulièrement épais qu'elle tenait à deux mains et laissait reposer sur son épaule. Elle ne perdit pas de temps et vivement, avec un cri, elle le propulsa avec force entre les pales de l'hélicoptère et l'axe. Celles-ci ne résistèrent pas et cassèrent brutalement. L'appareil, qui ne s'était élevé que d'un mètre, se coucha et retomba lourdement sur la piste. Les tôles s'écrasèrent, le plexiglas éclata. Le bel oiseau, comme un jouet d'enfant manipulé par un Dieu inconscient, était touché à mort. De cet amas de débris, l'homme aux cheveux blancs sortit miraculeusement indemne. Lui aussi était éclairé par le même rayon de soleil qui perçait les nuages. Il portait encore sa mallette qui devait être certainement attachée par une menotte ; j'avais aperçu un éclair métallique.

Farahiano répétait en boucle…

– Le Comte Pizzani !

Est-ce que j'avais déjà entendu ce nom ? Il tourna dans ma tête, il m'était familier. Je savais que c'est important, mais…

L'homme à la veste immaculée paraissait tout de même secoué. La géante le vit, elle s'approcha de lui ; elle le dépassait d'une bonne tête. Ils semblèrent discuter un moment, puis elle attrapa lentement sa lame, qu'elle avait coincée sous son pagne, et l'enfonça avec assurance, d'un coup sec dans la gorge du vieillard. Avant même qu'il tombe, elle trancha d'un seul coup la main détentrice de la mallette. Elle la souleva avec un cri terrible et jeta l'objet dans la mer.

Au moment où l'homme fut tué, ma girelle tressaillit et tomba. Je la reçus dans mes bras, l'empêchant ainsi de se faire mal contre les rochers pointus. Elle avait perdu connaissance. Meremaana s'inquiéta.

– Qu'y a-t-il ?

– Rien, elle s'est évanouie. Un grand choc. Elle vient tout simplement de clore un chapitre douloureux de sa vie !

Car enfin, je me souvins à ce moment-là, où j'avais entendu parler du comte Pizzani !

HOMÉLIE

Ô Jésus, exaucez nos prières à cause des Larmes de Sang de Votre Très Sainte Mère.

Moi, descendant en droite ligne de Hiro, de Dieu-Héros, et des Arii-rahi par mon aïeul illustre et glorieux, issu de la grande descendance royale des Pomaré, j'ai accepté la mission que l'on m'a confiée.

Et je me suis bien acquitté de ma mission.

Après l'humiliation de la purée, elle quitta immédiatement ce travail ingrat, indigne d'elle. Mais la colère grondait en elle. Elle attendit son collègue, celui qui avait renversé la nourriture sur ses pieds nus et, dans la ruelle, lui tordit le cou proprement d'un seul mouvement de ses bras musclés. L'homme n'émit qu'un petit cri, même pas digne d'un cochon. À ce moment-là, exactement quand le soleil était à son zénith, elle entendit miraculeusement le message qui lui intimait l'ordre d'aller chercher l'élue et de partir avec elle pour assainir le Fénua.

Quand j'ai pilé les animaux sacrés sur le marae, à cet instant j'ai eu la force et la révélation, car la mixture pourrissante fut insérée par moi avec mon immense Penu entre les pierres dans les creux les plus intimes du marae. L'ovule était de cette manière reconstitué par moi, l'œuf primal. Puis, faisant alors craquer Rumia[1]*, j'ai libéré ainsi Ta'aroa, le premier Dieu qui émergea pour créer le monde et avant tout, la voûte céleste avec le haut de l'œuf. Ce fut lui qui me dit que faire pour libérer mon île sombre, Marotiri.*

Pour se débarrasser des varna 'ino[2] *qui empoisonnent une personne ou tout un village, rôdant à proximité des farés, des apparitions, de cauchemars, de maladies, on doit s'adresser directement à l'âme. Par la suite on demande au tahu'a et, si ça ne marche pas, il faut tuer celui qui contient le Démon et ensuite brûler le cadavre.*

La tâche ne fut pas aisée car le diable envoya pour me contraindre un immense Pahi tino hô'ê[3] *rempli de guerriers armés de multiples Pupuhi*[4]*. La lutte fut inégale, nous aurions pu perdre. Ils avaient enfreint le tabou de la frontière, ils avaient pénétré sans le consentement des anciens. Mais, grâce la vénérable élue, à nos ruses, à notre force, à notre courage et à nos femmes, nous avons pu repousser le concurrent honni. Le feu a ainsi été alimenté jusqu'au bout avec les corps puants de nos ennemis. Les dieux apprécient le te i'a varae roroa, le poisson aux longues jambes, l'homme quoi ! Les dieux aiment la chair humaine.*

1. Dôme pour le ciel
2. Âmes méchantes
3. Monocoque
4. Fusils

À quoi serviraient les prêtres si les fractures des dieux se montraient au grand jour immuables et distinctes ? Pour finir, le diable est mort, vaincu par nous. Ô Marie, Mère de l›Amour, des Douleurs et de la Miséricorde, nous vous demandons d›unir vos prières aux nôtres, afin que Jésus, votre Divin Fils, auquel nous nous adressons au nom de Vos maternelles Larmes de Sang. Veuillez exaucer nos supplications et nous accorder, avec les grâces demandées, la Couronne de la Vie Éternelle.

Amen !

Vos Larmes de Sang, Ô Mère Douloureuse, anéantissent le pouvoir de l'enfer. Que votre Divine Douceur, Ô Jésus enchaîné, préserve le Monde de la confusion qui le menace !

Amen !

Le reste de l'aventure… fut tout simple et sans grand imprévu. Enfin… Pendant que la prêtresse, cette givrée, sur le pont fumant du gros yacht, jubilait, contente de sa victoire, nous nous glissâmes parmi les guerriers, ivres d'alcool trouvé dans les soutes du bâtiment confisqué, et nous partîmes discrètement pour Rapa dans le bateau du Marquisien. Sur la mer, nous essuyâmes la plus belle tempête que même Meremaana, malgré toute son expérience de pêcheur, n'avait jamais vécue de toute sa vie. Le petit bateau fut pris dans un enfer liquide et il fallut toute sa science et sa force. Pour nous délivrer de ce chaudron d'anthologie. Steve fut malade pendant toute la traversée, il rendit tripes et boyaux. Ce fut en quelque sorte un bien ; les éléments déchaînés lui firent penser à autre chose qu'à Rauana, sa pauvre mère perdue. Finalement nous survécûmes et arrivâmes sur l'île aux montagnes déchiquetées, trempés, frigorifiés, dans un état de fatigue extrême, pour certains d'entre nous déprimés, mais tous bien vivants.

Immédiatement nous avertîmes les autorités compétentes de ce qui se passait là-bas. Il y eut un long moment de confusion. Au début personne ne voulut nous croire, l'histoire paraissait tellement folle, absurde, ahurissante, sanglante et baroque.

Et puis, tout de même, il y avait l'instituteur en crise de paranoïa, et puis Meremaana qui, dans le village, n'était pas considéré comme le dernier des rigolos, et enfin Farahiano également très respectée. Bien entendu, personnellement, je cachai les relations entre la jeune femme et le fameux comte Pizzani, ce n'était pas la peine de les embrouiller avec cette histoire singulière. Cela ne regardait que Farahiano et si elle avait décidé de se taire, ce n'était certainement pas moi qui allais raconter sa vie. Les autres ne savaient pas. Mon ami, accablé par son propre drame, n'avait tout simplement pas fait le rapprochement, seul le tatoué semblait connaître la vérité, mais il était une vraie tombe, alors…

Le premier gendarme, qui m'a finalement auditionné, était un adjudant corse qui ne m'avait tout simplement pas cru. Je devais représenter à ses yeux un étudiant farceur, un galéjeur, une espèce de chevelu gauchiste en mal d'aventures extraordinaires, un Che perdu dans le Pacifique, en tous les cas, très peu crédible.

En y repensant, il n'avait pas tout à fait tort.

À sa décharge, ce que l'on avait vécu était proprement incroyable. Par la suite, heureusement, nos récits mis en commun avaient finalement convaincu les autorités compétentes, et ils prirent les mesures qui s'imposaient pour débarquer et aller arrêter cette folie collective. Le préfet envoya deux hélicoptères Tigre de combat bourrés de militaires armés jusqu'aux dents, à qui l'on avait raconté comment les habitants s'étaient récemment comportés, donc très méfiants. La mort du comte Pizzani avait foutu un drôle de Bronx dans les médias. L'homme d'affaires était considéré comme une des créatures les plus riches de la planète, il ne pouvait mourir de cette façon, quasiment en silence, au bout du monde. Sa disparition dramatique fut un traumatisme dans l'univers entier. La Bourse de New York dévissa même légèrement, des fortunes furent défaites ou se multiplièrent subitement. Et l'on vit débarquer des correspondants du monde entier, qui vinrent troubler la quiétude feutrée des villageois de Rapa. La gestion de cet afflux de personnes très particulières fut très difficile. Il fallut que les habitants hébergent les journalistes parisiens qui, c'est bien connu, sont fort peu attentifs à ne pas troubler les cultures autres que la leur, n'étant préoccupés que par leur sujet, voulant faire le buzz, et contenter la chaîne, le journal, la radio ainsi que leur chef de service. Farahiano, quant à elle, ne voulut prendre aucun pensionnaire autre que nous deux, faut dire qu'elle n'avait que ces seules chambres et n'avait aucunement l'intention de nous faire dormir à plusieurs dedans, nous faisions maintenant partie de la famille. Mais le Conseil lui avait tout de même demandé de nourrir tout le monde, au moins une fois dans la journée, à la tombée du jour. Elle n'avait pas pu faire autrement, le Conseil des Anciens avait force de loi. On se débrouillait pour les courses avec l'hélicoptère des gendarmes ou celui des journalistes, car certains d'entre eux en avaient un spécialement affecté pour la chaîne de télé qu'ils représentaient. On se retrouvait donc tous les soirs une trentaine, à table. Tout naturellement, Steve et moi aidions au service, car si nous faisions partie intégrante de la famille, nous en avions adopté, dans le même temps, les devoirs. Mais cela ne suffisait pas, il avait fallu également embaucher temporairement deux aides-cuisinières pour la corvée de pluche et la vaisselle. Heureusement il y avait un va-et-vient permanent entre Rapa et Papeete, qui permettait à notre hôtesse de pallier la faim et la soif de tous ces journalistes, une bande d'assoiffés, un nuage de criquets s'abattant sur un champ de blé !

Il fallait prévoir jour après jour et c'est à moi que fut dévolu ce poste. Tous les dimanches soir, avec la cuisinière en chef, nous faisions les menus pour la semaine à venir. Heureusement on trouve facilement de la viande de Nouvelle-Zélande ou d'Australie dans les archipels de Polynésie, par contre le cochon arrive directement de Tahiti. Meremaana fut mis à contribution et pêchait tous les jours. Il me proposait quelquefois de l'accompagner, je crois qu'il m'aimait bien. J'acceptais avec empressement, car je suis curieux de nature et pour moi, le tatoué restait une énigme à décrypter. Et puis, j'appréciais ce travail d'attrapeur de poissons, il me correspondait. Le Marquisien m'apprit donc la fameuse pêche au mahi mahi. Je pouvais en sa présence m'occuper du grand poisson, pendant qu'il continuait à diriger le poti marara.

La cuisinière le servait aux journaleux avec une sauce vanille, vanille qui ne venait pas de Rapa, mais de l'île de Huahine. Ce plat délicieux faisait la joie de ses consommateurs. Meremaana chopait également du thon et de l'espadon, que la cuisinière déclinait de mille façons ; soit frit, soit en tartare, soit cru avec citron vert, oignons du pays et lait de coco. La consommation d'alcool s'était multipliée par 20 ou 30. Je n'avais à ce jour jamais vu d'hommes qui buvaient autant ! Il fallut aux hélicoptères apporter des caisses et des caisses de bières Hinano, une boisson légère, parfaite sous le ciel de Polynésie. Elles étaient vidées à une telle allure par les journalistes que nous nous demandions réellement si nous allions en garder une pour nous. À chaque fin de repas, il n'y en avait plus et ils râlaient de notre manque de prévoyance.

Heureusement, aucun d'entre eux ne savait que nous avions été tout proches du drame qui s'était joué sur la petite île. C'était une condition expresse de notre hôtesse pour que le silence du côté des Sages soit total. L'instituteur avait dès le début été « évasané »[1] vers Tahiti dès notre retour. Il était, d'après les renseignements, dans une maison de repos ; ses nerfs avaient été ébranlés par les événements tragiques de Marotiri. Steve, dès le début de l'envoi des militaires et des gendarmes sur l'île, voulut y retourner pour chercher sa mère, quelles que fussent les responsabilités de celle-ci. Mais il ne put pas aller sur l'îlot car les fonctionnaires prétendaient que la sécurité les lieux n'y était pas encore suffisante. Sa mère ainsi que la géante, s'étaient manifestement évaporées. Personne ne savait ce qu'elles étaient devenues. Marotiri iti avait pourtant été passée au crible. Les gendarmes avaient fouillé toutes les maisons de fond en comble, la moindre caverne, le moindre bout de rochers, rien de rien, elles avaient disparu. Elles étaient pourtant considérées comme celles qui avaient allumé la mèche. Évidemment, deux douzaines d'hommes et de femmes furent entendus par les policiers. Un procès en France eut lieu et quelques coupables, envoyés en prison, mais les principales responsables n'étaient pas là.

Mon ami fut profondément accablé par la disparition mystérieuse de sa mère, il eut du mal à réagir ; pendant tout le début de l'enquête, il resta dans sa chambre, amorphe. Nous étions inquiets de le voir ainsi. Heureusement la troupe de correspondants arriva, et du coup, avec la charge

1. Terme spécialement utilisé en Polynésie : évacué sanitaire

de travail qu'ils nous procurèrent, sa peine fut un peu atténuée, ses idées se portèrent sur des choses beaucoup plus concrètes et manifestement plus gaies. Il était devenu plus léger. Quelquefois, je voyais encore une ombre sur son visage, mais ça ne durait jamais. Les journalistes avaient apporté une certaine idée de la modernité du monde. Ils se disputaient constamment, à propos d'une pièce de théâtre qui ne se jouait qu'à Paris, ou d'un livre dont personne sur l'île n'avait jamais entendu parler. La petite troupe fascinait les habitants de Rapa, l'hystérie qui les habitait n'était pas le lot des Polynésiens. Tout était étrange en eux : leur façon de s'exprimer, de s'habiller, et même de se mouvoir, les relations qu'ils entretenaient entre eux, leur manière de picoler exagérément, de rire de tout et à tout propos. Ce cynisme effrayant qui leur faisait perdre tout sens moral. C'était en même temps fascinant, ridicule, et un peu repoussant. Steve et moi comprenions la vision qu'avaient les Polynésiens sur ces faranis. Nous avions l'un et l'autre perdu ce verni, propre aux habitants de la Capitale. Séduits par d'autres références, d'autres façons de penser, d'autres cultures. Pourtant, cela ne faisait pas si longtemps que nous étions ici, à peine quelques mois ; en prenant du recul, j'étais stupéfait de m'apercevoir que l'on pouvait changer si rapidement.

HOMÉLIE

Par ce chapelet le diable sera vaincu et la puissance de l'enfer sera détruite. Récitez le chapelet des Larmes de sang ! Répandez-le ! Le démon fuit, là où il est récité. Par ce chapelet, vous obtiendrez la conversion des pécheurs, principalement de ceux possédés par le démon. Préparez-vous pour ce grand combat. Mon Fils accordera volontiers toutes les grâces sollicitées au nom de mes larmes…

Moi, descendant en droite ligne de Hiro, de Dieu-Héros, et des Arii-rahi par mon aïeul illustre et glorieux, issue de la grande extraction royale des Pomaré, j'ai accepté la mission que l'on m'a confiée. Nous avons rempli ce qui devait être fait. Notre tâche est finie, nous sommes dans l'obligation, avec l'immense, ma parente, ma sœur, la presque déesse, l'élue, de partir. Ce ne fut pas facile, on nous retenait, les femmes pleuraient, les hommes riaient fort en nous prenant par l'épaule. Mais le temps de la guerre était fini, le mal avait été vaincu. Maintenant c'était l'instant de la peine et de la contrition. Nous avions accompli ce qui devait être. Le cercle de « tatu » bleu, écrit sur sa cheville gauche prouvait son rang maintenant.

Nous savions où nous allions, la mer n'avait jamais été si mauvaise. Les creux faisaient plusieurs fois la hauteur de mon va'a. Le ciel très chargé ne laissait pas passer le soleil, il pleuvait sans arrêt. Une pluie froide, agressive, mais il était nécessaire que nous allions dans le ventre du Pacifique. Le temps était venu. J'avais emmitouflé l'élue dans une couverture, à l'avant, je l'avais coiffée d'un chapeau de feuilles pour un peu l'abriter de l'eau du ciel. Elle ne bougeait plus, entièrement tournée vers l'intérieur. J'avais vu doucement disparaître nos îles, j'avais mis le cap fermement vers le sud, je savais que là, il n'y avait plus rien, mais Hiro nous attendait dans le Parataito[1] *avec les ancêtres. Il y aurait bien entendu, Ta'atoa, le démiurge créateur du monde, car il s'ennuyait tout seul dans son œuf, 'Oro l'esprit de la fertilité, de la fécondité mais également de la guerre, Maui, qui est à l'origine de la création des îles, le génie de la connaissance, Ruahatu, la déité des océans qui vit dans les fonds de Raïatea, Ra, dieu-soleil. Mais il y aurait aussi, Hina Rituma, ou Hina te po, vierge des ténèbres ; la déesse de la lune et de la femme, celle qui est à l'origine de la mort, nous attend sans hâte, mais avec certitude. Nous allions vers la fin et le commencement du monde, ayant accompli ce qui devait être fait. Vos Larmes de Sang, Ô Mère Douloureuse, anéantissent le pouvoir de l'enfer. Que votre Divine Douceur, Ô Jésus enchaîné, préserve le Monde de la confusion qui le menace !*

Amen !

1. Paradis

Ô Jésus, exaucez nos prières à cause des Larmes de Sang de Votre Très Sainte Mère.

Ô Jésus, exaucez nos prières à cause des Larmes de Sang de Votre Très Sainte Mère.

Ô Jésus, exaucez nos prières à cause des Larmes de Sang de Votre Très Sainte Mère.

Ô Jésus, exaucez nos prières à cause des Larmes de Sang de Votre Très Sainte Mère.

Ô Jésus, exaucez nos prières à cause des Larmes de Sang de Votre Très Sainte Mère.

Ô Jésus, exaucez nos prières à cause des Larmes de Sang de Votre Très Sainte Mère.

Ô Jésus, exaucez nos prières à cause des Larmes de Sang de Votre Très Sainte Mère.

Le mois passa dans un tourbillon. Lentement, les journalistes partirent les uns après les autres, ailleurs, sur de nouveaux crimes, pestes, guerres en tous genres, scandales divers et variés… Rapa retrouva son calme; elle respirait plus lentement, comme avant les événements. Les gens ne commentaient pas ce qui s'était passé dans le Sud, ils n'aimaient pas en parler, c'était un sujet tabou. Comme si tout cela n'a été qu'un cauchemar dans la tête d'un enfant agité. Nous retrouvâmes, à la pension, un rythme plus polynésien. Ahurei[1] s'était rendormie comme une douce géante. Les Sages avaient repris la répartition de la pêche, comme ça se faisait depuis des temps immémoriaux. Ils appliquaient le Rahui sur le principe des territoires de jachères maritimes afin de gérer durablement les ressources lagunaires ; tant de poisson en fonction des besoins de chaque famille.

Moi, lentement je m'assimilais. La semaine précédente, j'avais participé au umu ti, la marche sur le feu, une

1. Capitale de Rapa

cérémonie traditionnelle qui précédait les festivités du heiva, une fête qui durait une bonne semaine. Cette cérémonie était dirigée par le tahu'a de l'île, un vieil homme tout ridé, mais surtout un chaman ; celui qui voit, celui qui sait. Il pratiquait l'art de l'imbibition énergétique des tikis.

Pour que les dieux se retirent et laissent accomplir en toute sérénité la cérémonie du umu ti, il était essentiel qu'aucune femme ayant ses règles n'y participe. Il ne fallait pas non plus boire une goutte d'alcool la veille et le jour même.

Le matin, les officiants remplissaient de bois une fosse de ati tamanu, un bois qui dégageait une très grande chaleur et se consumait lentement. Puis, quand les braises étaient belles, on les recouvrait de grosses pierres volcaniques. Le soir, le chaman balayait les pierres chaudes pendant que les jeunes dansaient en chantant. Il suffisait alors de traverser la fosse sans se retourner. Pendant ce cheminement une image m'avait traversé. Celle de mes grands-parents qui m'avaient élevé à la disparition de mes parents, qui eux aussi étaient là, bien tranquillement installés derrière un nuage et qui me regardaient en souriant, bienveillants. Ils semblaient me conforter dans mes choix.

– Tu as bien raison niston, nous approuvons tes choix. Tu as le désir d'être heureux, c'est une très bonne chose. Tu es un homme maintenant ; ta femme est belle et c'est quelqu'un de formidable.

Je fus bouleversé par cette vision, j'avais du mal à tenir sur mes jambes, j'étais tremblotant comme un nouveau-né. Pourtant après, j'ai ressenti un grand calme, comme si j'étais enfin libéré, délivré... Mais je ne sais toujours pas de quoi.

Il restait tout de même des zones d'ombre dans nos aventures sanglantes. Qu'étaient devenues les deux femmes incriminées ? Pourquoi s'étaient-elles mises à tuer des gens ? Pourquoi s'en étaient-elles prises au bateau du comte ? Des questions qui erreraient dans le Pacifique, entraînées par les vents violents, sans trouver jamais, je le crains, la moindre explication ni la moindre réponse.

Tout de même, le grand changement dans la relation entre Farahiano et moi a été fondamental. Nous sommes maintenant un couple. Cela ne s'est pas fait du jour au lendemain. Avant il a fallu qu'elle puisse retrouver la paix. Outre le spectacle horrible des tueries auquel nous avions assisté, elle a dû subir les remontées de son passé douloureux. Nous avons appris que son mentor, l'homme qui l'avait sauvée, le cuisinier du Tuha'a Pae IV, avait été retrouvé, assassiné de façon atroce, peu après notre rencontre. On lui avait coupé au sécateur tous les doigts de pied et le tortionnaire avait même attaqué ceux de la main gauche avant de le supprimer froidement d'une balle dans la tête. On avait retrouvé son corps sur le quai de Raivavae. C'était un pêcheur de là-bas, ami de Meremaana qui avait informé ce dernier du meurtre brutal. Je supposais que la victime d'un tel traitement avait fini par avouer où se cachait l'ancienne Gina. Et c'est ainsi que le fameux conte Pizzani l'avait retrouvée. Ça ne lui avait pas vraiment porté chance, il était très mal tombé, le mana l'avait abandonné. Et il avait subi à son tour une mort atroce, pris par la folie hystérique de tout un village.

Le changement dans nos relations eut lieu une semaine environ après que le dernier journaliste en reportage sur l'île fut parti vers des terres lointaines, où le frangipanier ne fleurit pas.

En me souvenant de nos aventures, je mentionnai la mort du comte.

– Paix à ses cendres.

Ma douce n'a toujours pas pardonné.

– Il ne le mérite pas.

Je la pris dans mes bras, nous nous étreignîmes un moment.

– Tu sais, Farahiano, en fin de compte, Steve a décidé de retrouver ses racines. Il retourne à Marotiri pour enfin réclamer son héritage. Il possède un grand terrain, très bien situé paraît-il, et une nombreuse famille, des neveux, des nièces. Il ne sait pas encore qui a participé au massacre ou non. Il veut y retourner, panser les plaies de ceux qui n'iront pas en prison.

Elle sourit, j'adorai.

– Il nous quitte ?

Nous étions dans le salon, il pleuvait doucement dans la baie.

– Oui, Meremaana le ramène et moi, je l'accompagne. Je veux voir de mes propres yeux si le chemin qu'il prend est droit. C'est mon ami. Mais nous ne resterons qu'un jour ou deux à tout casser.

Elle soupira.

– Je ne peux pas vous accompagner, c'est impossible, il faut que je m'occupe de la pension, nous avons reçu une demande de réservation. Des voileux qui vont rester une petite semaine. Je ne peux pas déléguer. Tant pis, je me passerai de vous, je demanderai à Hauata de venir m'aider. Vous partez quand ?

– Demain matin.

Nouveau soupir. Je la pris dans mes bras.

– Mais avant ça, j'ai une faveur à te demander.

Un regard intéressé ; quel pouvait être mon souhait ? Elle frissonna.

– Je sais que tu portes le prénom de Gina, cela ne me dérange pas, j'aime la fleur du pandanus, Farahiano. Et je connais ton histoire. Ce n'est pas réellement la couleur de ta chevelure.

Elle secoua la tête, ; je reçus une gifle de ses cheveux dans les yeux. J'agrippai ses poignets pour l'immobiliser. Elle déclara :

– Maintenant je peux retrouver ma blondeur naturelle, je ne crains plus personne.

Je rapprochai mon visage.

– Ce que je veux, c'est plonger mon regard dans tes vrais yeux, on m'a vanté leur couleur.

Alors elle retira ses lentilles de contact, ce qui lui rendit un œil doux et marron. Gina apparut à ce moment-là. Depuis, je ne peux plus la quitter.

BIBLIOGRAPHIE

Murnau des ténèbres
Nicolas Chemla

La vérité sur les révoltés du Bounty
Alexandre Mac Kee

Les Immémoriaux
Victor Segelen

Anthropologie du silence polynésien
Daniel Monconduit

Tahiti aux temps ancienne
Teuira Henry

L'art Océanien
Newton, L.Kaeppler, Kaufmann,

Journal d'un aspirant de la Flore
Pierre Loti

Académie Tahitienne
Dictionnaire tahitien-français

Relation de voyages autour du monde
James Cook

Tahiti Côté montagne
M. Cizeron M. Hienly

Contes des mers du sud
Jack London

Histoire des îles
Jack London

Taïpi
Herman Melville

Récit de ma vie d'aventure et de navigation
William Leblanc

M+ éditions
6 rue Masséna
69006 Lyon
mpluseditions.fr

Impression et reliure : UE
TOTEM Inowrocław, Pologne
Achevé d'imprimer juillet 2025
Dépôt légal juillet 2025